KB086142

맥

아시아에서는 《바이링궐 에디션 한국 대표 소설》을 기획하여 한국의 우수한 문학을 주제별로 엄선해 국내외 독자들에게 소개합니다. 이 기획은 국내외 우수한 번역가들이 참여하여 원작의 품격을 최대한 살렸습니다. 문학을 통해 아시아의 정체성과 가치를 살피는 데 주력해 온 아시아는 한국인의 삶을 넓고 깊게 이해하는데 이 기획이 기여하기를 기대합니다.

Asia Publishers presents some of the very best modern Korean literature to readers worldwide through its new Korean literature series 〈Bilingual Edition Modern Korean Literature〉. We are proud and happy to offer it in the most authoritative translation by renowned translators of Korean literature. We hope that this series helps to build solid bridges between citizens of the world and Koreans through a rich in-depth understanding of Korea.

바이링궐 에디션 한국 대표 소실 **104**

Bi-lingual Edition Modern Korean Literature 104

Barley

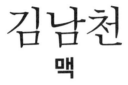

김남천

맥

Kim Namch'on

ASIA
PUBLISHERS

Contents

맥

Barley

1

삼층 이십이 호실에 들어 있던 젊은 회사원이 오늘 방을 내어놓았다. 얼마 전에 결혼을 하였는데 그동안 마땅한 집이 없어서 아내는 친정에, 그리고 남편인 자기는 그전에 들어 있던 이 아파트에 그대로 갈라져서 신혼생활답지 않게 지내 오다가 이번에 돈암정 어디다 집을 사고 신접살림을 차려놓기로 되었다 한다. 오후 여섯 시가 가까운 시각, 아마도 회사의 퇴근시간을 이용하여 양주가 어디서 만난 것인지 해가 그물그물해서야 회사원은 색시 티가 나는 아내와 함께 짐을 가지러

1

The young salary man in Apartment 22 was moving out today. He bought a house in Tonamchŏng, where he would finally be joined by his new wife. Until now she had stayed at her parents' place, while he had continued to live in his apartment and looked for a new house. Around six o'clock in the evening, the salary man and his wife came with a truck and a mover to take his belongings. Even with the mover's help, it took them a full hour to carry his stuff from the third-floor apartment into the truck. Ch'oe Mugyŏng oversaw the move from in-

트럭과 인부를 데리고 왔다. 인부가 한 사람 있다고는 하지만 삼층에서 밑바닥까지 세간을 나르고 그것을 다시 트럭에 싣고 하기에는 이럭저럭 한 시간이 걸렸다. 최무경이는 아파트의 사무원일 뿐 아니라 회사원이 있던 방이 바로 제가 들어 있는 옆방이어서 여자의 몸으로 별로 손을 걷고 거들어줄 것은 없다고 하여도 짐이 다 실리는 동안 아래층 사무실에 남아 있어서 그들의 이사하는 모양을 바라보고 있었다. 사무실에서 일을 보는 늙은 강 영감이 제법 위아래로 오르내리며 짐을 챙겨도 주고 양복장이며 책장이며 탁자며 하는 육중한 것은 한 귀를 맞들어서 인부와 회사원과 함께 운반에 힘을 돕기도 하였다.

짐을 대충 실어놓고 회사원은 아내와 함께 사무실로 들어왔다.

"부금(敷金) 일백오 원 중에서 이번 달 치가 오늘까지 이십팔 원, 그것을 제하고 칠십칠 원이올시다."

미리 준비해 두었던 지폐를 손금고에서 꺼내서 최무경이는 그것을 회사원에게로 건네었다. 회사원은 한 손으로 받아서 약간 치켜들듯 하여 사의를 표하고 그것을 그대로 주머니에 넣으려고 한다.

side the management office. Although it was past the end of her work day, and she was not going to be of much help, she had to wait for the move to be completed, and besides, for a long time she had been the salary man's next-door neighbor. Old man Kang, who also worked at the office, helped where he could. He looked up and down to make sure that nothing was left behind, and he also helped the mover with heavy items such as the wardrobe, a desk, and a table. Having finished loading the truck, the salary man came back to the office with his wife.

"Your rent for this month is twenty-eight *wŏn*. Here's the difference on your monthly installment, seventy-seven *wŏn*." Mugyŏng took out the bills from the safe and handed them to the salary man. As he received them, the man lifted up his hands a bit in a gesture of thanks. He then pocketed them without taking another look.

"Please count the bills." At Mugyŏng's urging, the salary man pulled out the roll again, held it up against the light, and began to count the bills one by one. "It's exactly right." When he again looked at her, Mugyŏng was writing out a receipt for him. Putting down her pen, she smiled at his young wife,

"세어보세요."

그러한 말에 회사원은, 무어 세어보나마나 하는 표정을 지어보였으나 다시 어떻게 생각하였는지 넣으려던 지폐를 꺼내서 불빛에다 대고 손가락에 침도 묻히지 않으면서 한장 두장 세어보고 있다.

"꼭 맞습니다."

하고 낯을 들었을 때 무경이는 펜과 영수증을 놓으면서,

"영수증이올시다. 사인하고 도장 쳐주십시오. 수입 인지는 아파트 쪽에서 한턱내었습니다."

하고는 회사원의 아내를 바라보며 웃었다. 젊은 아내는 무경이의 웃음에 따라서 흰 이를 내놓고 웃었다.

"고맙습니다."

영수증을 받아서 서류와 함께 금고에 챙긴 뒤에 무경이는 두 신혼부부의 낯을 새삼스레 쳐다보았다. 행복에 넘친 듯한 얼굴들이다. 진부한 형용사지만 역시 행복에 넘쳐 있는 표정이라는 말이 제일 적절할 것처럼 무경이는 생각하는 것이다.

"저어 돈암정 바로 삼선평이올시다. 거기서 바른쪽으로 향해서 들어가면 새로 분할한 주택지가 있습니다.

"Here's your receipt. Please sign here. And the revenue stamp is on the housing office." The young wife smiled back, revealing her regular white teeth, "Thank you."

After depositing the carbon copy of the receipt and the other documents in the safe, Mugyŏng glanced again at the couple. They looked full of happiness. "Full of happiness" sounded cliché, but she could not think of a better alternative.

"Our new house is at Samsŏnp'yŏng in Tonamchŏng. If you keep to the right, you'll find a new residential district there. Follow the broad path and then turn into the third alley. The second door is my house. The building number is four hundred fifty, and our apartment number is seventeen. If you happen to be in the area, please do visit us."

No matter how intelligent, a person could not possibly remember such complex directions. Yet people often give out their address in this way, especially when they come across old acquaintances on the street. As if possessing perfect memory, the listener invariably answers, "Yes, of course. If I'm in the neighborhood, I'll call on you for sure."

"Thank you," said the couple, although they probably didn't care much whether or not Mugyŏng ac-

큰 골목으로 접어들어서 다시 셋째 번 골목 둘째 집이 저희들 집이올시다. 사백오십 번지의 십칠 호. 한번 교외에 산보 나오시는 일이 계시건 찾아주시기 바랍니다."

아무리 총명한 사람일지라도 이러한 지도의 설명을 잊지 않을 사람이 없을 것이건만 사람들은 노상에서 만난 친구들께 곧잘 이러한 방식으로 저의 집의 주소를 가르쳐준다. 그러나 듣는 사람도 또 지금 말하는 설명을 모두 머릿속에 챙겨넣기나 한 듯이,

"네 네, 한번 나가면 꼭 들르겠습니다."

하고 대답하는 것이었다. 무경이가 들르겠다는 말을 진심으로 믿는 것인지 아마 그들 자신도 딱히 그러한 모든 것을 의식하면서 건네는 인사는 아닐 것이나 두 부부는,

"고맙습니다."

하고 가지런히 인사를 하였고 다시 회사원은 문밖으로 아내가 나가버린 뒤에도 문턱 안에 남아서,

"덕택에 참 내 집이나 진배없는 생활을 할 수 있었습니다."

하고 사례를 말하였다. 두 사람은 어둠의 장막이 내려

tually intended to come.

After his wife left the office, the salary man lingered at the threshold for a moment to thank Mugyŏng, "Thanks to you, I was able to feel at home here." The couple walked away lightheartedly, whispering something to each other. Mugyŏng stood for a while and watched their backs recede against the darkening sky.

Old man Kang finished cleaning the emptied apartment and came back downstairs with a trash can and a bucket. The bucket was packed with things—coffee cups, glasses, an old hat, and so on. The salary man must have left them behind, having no use for them in his new house. Kang always collected the leftovers of former residents, either selling them to a junk dealer or keeping them for himself.

Mugyŏng closed out the account, and since it was too late to cook, she headed to the cafeteria for dinner. Just as she was finishing her cutlets, Kang called to her and approached her table. She was wanted on the phone.

"The person's asking if we have a vacancy. I said yes..."

"Who is it?" Mugyŏng asked, sipping her tea.

드리우려는 길 위로 가벼운 발걸음을 옮겨놓으며 무어라 나직이 소곤거리고 있었다. 그것을 최무경이는 한참 동안 바라보고 서 있었다.

　강 영감은 빈방의 뒷설거지를 마치고 비와 쓰레기통과 바께쓰를 들고 위층에서 내려왔다. 물을 담았던 바께쓰에는 버리고 간 찻그릇, 곱푸[1] 등속, 낡은 모자 같은 것이 그득히 들어 있었다. 신접살림이라 무어든간 새로 준비했을 것이니 홀아비 살림 때에 쓰던 것으로 소용이 없을 것은 공연히 짐이나 된다고 이렇게 내버려두고 가는 것이리라, 강 영감은 그것을 모아다가 넝마 장수에게 팔기도 하고 저희 집에 가져다 쓰기도 하는 것이었다. 장부를 정리하고 저녁이 늦어서 손수 지을 수도 없으므로 무경이는 식당으로 갔다. 돔부리[2]를 거의 다 먹었는데 전화가 왔다고 강 영감이 부른다.

　"방이 있냐구 물어서 한 방 비었다구 했는데……."

하고 식탁에까지 와서 강 영감은 여사무원에게 말한다.

　"어떤 사람입니까?"

　차를 마시면서 무경이는 묻는다.

　"글쎄, 그건 물어보지 못했는데 하여간 나가서 전화 받아보시지. 여자 목소리던데."

"Well, I didn't ask the name. Why don't you answer the phone? It's a woman."

"A woman? Is she a barmaid or someone like that? If she is, it would've been better if you'd said there's no vacancy." Mugyŏng went to the office to answer the phone.

"Hello, I'm sorry to keep you waiting for so long... Yes, it's Yamado Apartments. May I ask who this is?... The Ch'ŏngŭi Boutique in Myŏngch'ichŏng? Ah, I see. Then is it someone at the boutique who wants to rent an apartment?"

Mugyŏng listened for a while. "A lecturer at the Imperial University? Certainly, please do come and take a look at the apartment. The monthly rent is thirty-five *wŏn*, fixed-rate. Three months' rent upfront... Yes, please come by... Yes, yes, thank you very much."

According to the caller, the prospective tenant was a university lecturer looking to rent a studio where he could write for a few months. So what was the woman's connection to the lecturer? Mugyŏng wondered this in passing.

"She said she'll come over right now. Please show her the room and let me know if she wants it. I'll be in my room." She left the office to Kang, who was

"여자요? 또 여급이나 그런 사람이 아닌가요? 그런 사람들이건 애초에 방이 없다구 거절허실 걸 갖다."

무경이는 앞서서 식당을 나왔다. 사무실로 와서 책상 위에 내려놓은 수화기를 들면서,

"여보세요, 오래 기다리게 하여서 미안합니다. 네 야마토 아파틉니다. 거기 어디신지요? 네? 명치정 청의 양장점이오? 네에 네, 그럼 방을 쓰실 분은 바로 양장점에 계신 선생님이신가요?"

잠시 저편의 설명에 귀를 기울인다.

"대학의 강사 선생님이시라구요? 네 그럼 친히 오셔서 방을 보시지요. 방세는 삼십오 원, 정지 가격이올시다. 부금을 석 달 치 전불하기로 되었습니다. 그럼 들러 주십시오. 네에 네, 고맙습니다."

대학 강사로 논문 쓸 것이 있어서 임시로 몇 달 동안 방을 구한다고 한다. 전화를 건 분은 대학 강사의 무엇이 되는 여자인가. 그러나 그런 것을 오래 생각하지는 않고,

"지금 찾아오마 했는데 방 구경 시키구 마음에 든다면 저에게 알려주세요. 전 그럼 방에 올라가 있겠습니다."

having a late dinner there.

Mugyŏng returned to her own apartment. Apartment twenty-three on the third floor. Passing by the door next to hers, where the salary man used to live, she thought that it would be nice to have a bookish, scholarly type for a neighbor. She unlocked the door to her apartment and flicked on the light switch.

As usual, she washed her hands before anything else. Then she took off her jacket, changed into a light cardigan, and redid her makeup. Soon it would be March, but she still felt cold at night. She turned on the radiator and sat down on the edge of her bed. She thought of the salary man and his bride. Together, they looked drunk with happiness. They themselves must have felt so. The shadows of the two walking side by side behind the truck...

Suddenly Mugyŏng thought, Can such happiness last a lifetime? Will the young man love his wife forever? Will the couple be able to keep their love and trust strong and enduring, no matter what happens? These were idle thoughts. Who could vouch for undying love? Who on earth could foresee whether the man would always love his bride—now as young and fresh as a new flower blossom—

하고 사무실을 나왔다. 강 영감은 지금서야 벤또를 먹고 있었다.

무경이는 제가 쓰고 있는 삼층 이십삼 호실로 올라왔다. 대학 선생이 책이나 읽고 글이나 쓰고 있으면 뒤숭숭하지 않아서 좋을 것이라고 생각해 보면서 그는 회사원이 조금 전에 나가버린 옆방의 앞을 지났다. 잠갔던 문을 열고 스위치를 넣어서 제 방에 불을 켰다.

방 안에 들어와서는 언제나 하는 버릇으로 손을 씻었다. 슈트의 웃저고리를 벗고 얄따란 스웨터로 바꾸고는 가볍게 화장을 고친다. 오래지 않아 삼월이라지만 밤은 역시 추웠다. 스팀의 마개를 조절해서 방 안의 온도를 맞추고는 잠시 침대에 걸터앉아본다. 아까 아파트를 나간 회사원의 두 부부가 생각히었다.[3] 그들은 행복에 취하여 있는 듯이 보이었다. 남의 눈에 그렇게 보였을 뿐 아니라 당자들도 그렇게 생각하고 있을 것이다. 트럭을 먼저 앞세워 놓고 나란히 서서 문밖으로 나가던 두 사람의 뒷그림자…… 그러나 그는 문득 생각해 보는 것이다.

'그들은 끝끝내 행복할 수 있을 것인가. 젊은 회사원은 그의 아름다운 아내를 끝끝내 사랑할 수 있을 것인

without ever having a change of heart?

Mugyŏng was thus preoccupied with the future of the young couple who had left the apartment with a happy smile on their faces, intoxicated by the sweet dream of a love nest in Tonamchŏng.

There are many couples in the world who live out their lives in peace and comfort. But who can tell what's in the wife's heart? Who can guarantee the husband's love for his wife? Can anyone be certain even of his own heart?

A disquieting thought crept up on her. Mugyŏng shook it off and jumped up from the bed. "I'll live alone. I can live alone."

She looked up at the photo on the wall. It had been taken at her mother's wedding last fall. The two of them were standing side by side, looking awkward and forlorn. Her mother was dressed all in bridal white, while Mugyŏng wore her best clothes, a long, trailing blue skirt and a purple blouse with shiny golden prints on its ribbon. For twenty-two years, until the age of forty-two, her mother had lived alone. Then, last fall, she married Chŏng Ilsu. It occurred to Mugyŏng that she, too, might some-day change her mind. But would she ever be able to fall in love again, to plan a life together with

가. 그들의 사랑과 신뢰는 언제나 무슨 일을 당하여서나 변함이 없이 굳건한 것으로 지니어 나가고 지탱해 나갈 수가 있을 것인가?'

쓸데없는 군걱정이었으나 최무경이는 역시 그것을 믿을 수가 없는 것이라고 생각해 보는 것이었다.

누가 그것을 증명할 수 있으랴! 저 회사원이 앳되고 어린 꽃 같은 색시를 언제나 변함없이 사랑하리라고 누가 감히 증명할 수 있을 것이랴!

이렇게 해서 최무경이는 조금 아까 행복된 낯으로 아파트를 하직하고 돈암정의 새집으로 총총히 마음을 달리던 젊은 부부의 앞날에 불길한 예언을 던져보고 앉았는 것이다.

'안온한 일생을 평정하게 보내는 부부가 이 세상에는 얼마든지 있는 것을 나는 안다. 그러나 누가 아내의 마음을 보증할 수 있으랴! 누가 남편의 사랑을 보증할 수 있으랴! 아니 누가 감히 저 자신의 마음을 보증할 수 있으랴!'

그는 떠오르는 흥분을 고즈넉이 맛보면서 머리를 털고 침대에서 일어났다.

'나는 혼자서 산다. 혼자서 살아갈 수 있다.'

someone else? Her wound cut deep, and in fact it was still open. Her relationship had not ended yet. Whenever she became unsure of herself, Mugyŏng renewed her determination "to live alone."

Last summer, after two years of trying everything, she had finally succeeded in having Sihyŏng released on bail. Her mother, a devout Presbyterian, had not liked him in the first place, and after his imprisonment she was even more opposed to their marriage. Meanwhile Sihyŏng's father, a member of the City Council in Pyongyang and a high official of the Chamber of Commerce, was equally unyielding in his objections. It was not only that he disapproved of Mugyŏng, a nondescript girl of his son's choosing. He was also unhappy with Sihyŏng's decision to work as an analyst at a stock company in Seoul after graduating college. The father further objected to his son's views on society, not to mention his general attitude toward life. He wanted Sihyŏng to return to Pyongyang and help run the family business. The father hoped that his son would marry the genteel daughter of a certain local dignitary, a recently retired governor. Such a match, he believed, offered the surest path to his son's success. In the midst of this family quarrel, Sihyŏng

바람벽에 걸린 어머니의 사진을 쳐다본다. 무경이와 함께, 어머니가 시집가던 작년 가을에 박은 사진이었다. 둘이 다 뭉틀 하고 서서 어딘가 쓸쓸해 보인다. 어머니는 흰옷으로 몸을 단장하였다. 무경이도 금박이 자주 고름에 치렁치렁하는 남치마를 입고 나들이옷으로 몸을 가꾸었다. 스물에서 마흔두 살까지의 이십여 년을 혼자서 딸 하나만을 데리고 살아오던 어머니도 정일수 씨에게 시집을 갔다. 생각해 보면 혼자서 살겠다는 자기의 마음도 또한 보증할 수는 없으리라고 되새겨진다. 그러나 인제 다시 누구를 사랑하고 누구와 함께 그는 새로운 생활을 설계해 볼 수 있을 것인가. 상처가 너무도 컸다. 아직도 완전히 끝이 났다고는 보아지지 않는 만큼 보증할 수 없는 저의 마음을 채찍질하면서라도 그는 지금 '혼자서 사는' 것을 다시금 또 다시금 결심하지 않으면 안 되는 것이었다.

지난여름의 일이다. 이 년 가까이 입감해 있던 오시형이를 그는 백방으로 서둘러서 보석을 시켰다. 오시형이와 무경이의 관계는 양쪽 편 집이 모두 반대하였다. 어머니는 오랜 장로교인으로서 오시형이가 '믿지 않는 사람'이라고 꺼려 하다가 그가 사건에 걸려서 입감한 뒤에

was arrested for his involvement in an unlawful incident. His imprisonment deeply shook the father, who had been planning his son's life as if it were an extension of his own. It was a grave blow to a man of his reputation and status. Having lost face, the father became furious, and in the end he all but disowned his only son. Had he been older, he might have taken a softer stance. But he was in his fifties, still robust, and so he could be hard-hearted enough to overlook his son's sufferings.

Two years passed in this situation. In the meantime, Mugyŏng found a job to provide for Sihyŏng in prison, persuaded her mother to accept their relationship, and eventually secured his release through arduous lobbying efforts. It was also for him that she rented her apartment at Yamado.

But after Sihyŏng's release, things had taken a few unexpected turns. Sihyŏng had soon made it known that his ideological orientation had changed. In his own words, he had converted from economics to philosophy, from a universal view of history to a pluralistic one. Thanks to his conversion, he said, he had become academically invested in Oriental Studies. He also grew conscious of his identity as an Asian in response to the rapidly changing inter-

는 더욱더 완강히 그와의 결혼에 반대하였다. 한편 오시형이네 집에서는 그의 아버지가 극력으로 반대하였다. 물론 평양서 부회의원을 지내면서 상업회의소에도 얕지 않은 지위를 가지고 있는 그의 부친이 반대하는 것은 아들이 선택한 최 무엇이라는 여자뿐만이 아니었다. 대학을 졸업하고 서울서 증권회사 조사부 같은 데 취직해 있는 아들의 태도에 반대였고 사상이나 생활태도 전체에 대해서 그는 아들의 생각과 뜻이 맞지 않았다. 그는 우선 아들이 평양으로 내려와서 자기 앞에서 친히 일을 보기를 희망하였고 자기가 생각하고 있는 도지사를 지냈다는 저명인사의 총명한 규수와 약혼을 할 것을 바라고 있었다. 그는 그의 생각하는 길이 아들을 출세시키는 최단 거리라고 믿는 것이었다. 그래서 부자가 서로 옥신각신하던 통에 뜻밖에 아들이 그만 온당하지 못한 사건에 걸려서 입감을 하게 되었다. 이것은 아들의 장래를 자기의 연장으로서 설계해 오던 아버지에게 있어 놀라운 일이었을 뿐 아니라 그의 명예와 지위를 위해서는 치명적인 사건이 아닐 수 없었다. 아버지는 세상을 향해서 당황하였다. 그는 노하였다. 그는 드디어 아들과의 관계를 통히 끊어버리듯 하였다. 나이라

national political situation. Yet there was no reason, she thought, that such a change in his academic interests, or even a complete reorientation, should cause any rift between them. Mugyŏng had always thought that she need not concern herself much about Sihyŏng's politics. She felt that she had neither the ability nor the leisure to poke her nose into such issues. So she had no idea what he meant by his conversion, or what bearing it would have on either their relationship or his way of life. As long as he loved her, she was content. She had also become rather complacent, proudly enjoying the thought of her unflagging devotion. But without her noticing, Sihyŏng was undergoing a complex psychological transformation. No outsider could fathom the intricate interiority of a man who had spent two years in prison. Mugyŏng caught a glimpse of Sihyŏng's complex inner self when his father, whom the couple had so far regarded as their archenemy, paid them a visit upon hearing of his son's release. Sihyŏng straightaway reconciled with his father. It was not just that he had been starved of human affection, nor that he was moved by the sudden change of attitude in his father, with whom he had argued constantly in the past. It would likewise

도 많으면 늙은 마음이 자식을 생각하는 정의에 이겨나 가질 못할 것이나 그는 오십 전후의 정정한 장년이어서 아들의 고생 같은 것은 보고 못 본 척할 수 있었다.

이렇게 해서 이 년이 흘렀는데 이 이 년 동안 무경이는 오시형이를 위하여 직업에 나섰고 어머니의 마음을 움직여서 오시형이와의 관계를 인정하게 하였을 뿐 아니라 보석 운동이 주효해서 그에게 다시금 태양의 빛을 쐬게 만들었다. 지금 무경이가 쓰고 있는 야마토 아파트의 삼층 이십삼 호실은 보석으로 출감하는 오시형이를 위하여 무경이가 준비해 두었던 방이었다.

그러나 오시형이가 출감하면서 동시에 연달아서 뜻하지 않았던 사건이 튀어나왔다. 우선 오시형이는 그전에 포회했던 사상으로부터 전향을 하였었다. 그의 전향의 이론을 그 자신의 설명으로 들어보면 경제학으로부터 철학에의 전향이요, 일원사관(一元史觀)으로부터 다원사관(多元史觀)에의 그것이라 한다. 이러한 결과로 하여 학문상으로 도달한 것이 동양학(東洋學)의 건설이었고 사상적으로도 세계사의 전환에 처하여 시시각각으로 변하는 국제 정국에 대처해서 하나의 동양인으로서의 자각이 있어야 한다는 것이다. 그러나 사상이나 학

have been too easy to say that they could not but be reconciled, that cutting blood ties was like parting water with a sword. Rather, what was most decisive was the change in Sihyŏng's mental outlook; he seemed ready to reconcile with all that he had previously resisted.

Soon after, Sihyŏng followed his father back to Pyongyang.

At about this time, there was another surprise in store for Mugyŏng: her mother married. When Mugyŏng first realized that her mother was dating someone, she felt a deep sense of disappointment. On the one hand, she was repulsed by her mother's late-blooming passion; on the other, she was also jealous.

She had lost her mother as well as the only man she had ever loved. She had gotten a job to provide for Sihyŏng while he was in prison. It was for his sake that she had rented an apartment. She lost the two people she had relied on, believed in, and cared for. With them she had also lost all her hopes for the future. Where could she find again the meaning of life, a purpose for living... For some time, Mugyŏng felt numb and empty, not knowing what to do.

문 태도가 변하였다든가 전향하였다고 하여서 그들의 사이에 어떠한 틈이 생길 리는 없는 것이었다. 본시 최무경이는 오시형이가 어떠한 사상을 품게 되든 그런 것에는 깊이 개의하지 않는 것이라고 믿어왔고 또 그러한 것에 대해서 깊이 천착(穿鑿)하고 추궁할 만한 준비나 여유가 없다고 생각해 왔다. 그러므로 오시형이의 이러한 전향이란 것이 어떠한 정신적인 내용을 가지고 있는 것인지 또 그러한 내면적인 정신상의 문제가 자기와의 관계나 혹은 생활태도 같은 것에 어떠한 영향을 줄 것인지에 대해서는 아무러한 생각도 가지지 못하였다. 그는 변함없는 애정이면 그만이었고 자기가 그동안 실천한 불요불굴한 행동에서 오는 자긍과 도취로 해서 통히 그런 것에 생각이 미치지도 못하였다. 그러나 오시형이의 내면 생활은 무경이가 생각하는 것보다는 좀 더 복잡한 과정을 경험하고 있었다. 이 년 동안 독방 안에서 경험하는 내면 생활에 대해서 밖의 사람은 단순한 해석밖에는 가지지 못한다. 아버지, 여태껏 무슨 큰 원수나 되듯이 생각하여 오던 오시형이의 아버지가 아들의 출감을 듣고 상경하여 아파트를 찾아왔을 때에 시형이의 내부 생활의 복잡한 면모는 하나의 표현을 보였다. 그

Yet she was born with a strong will to live. Whenever she encountered difficulties, her innate strength showed through in her determination to overcome them. She believed that a person could emerge stronger and greater from one's struggle to confront, resolve, and move beyond any obstacle. Now, in the face of a seemingly insurmountable obstacle, she thought about "active resignation," a path in which one willingly drinks from whatever cup that destiny offers—no matter how poisonous. Mugyŏng was thus determined not to criticize, resent, or envy Sihyŏng and her mother. Instead, she tried to put herself in their shoes.

Sihyŏng must have had ample opportunity for thought and self-reflection during his two years in prison. His ideas must have grown subtler, denser, and richer. In changing his academic and ideological orientation, he was probably searching for a spiritual rebirth. Perhaps, too, he was instinctively avoiding any path that would lead back to a life in confinement, where he rarely saw the light of day. It was very likely that he had made up his mind to put himself on more mature and harmonious terms with his father. In effect, he had every reason to believe that a return to Pyongyang, his hometown,

는 당장에 아버지와 타협한 것이다. 인정과 격리되어서 애정에 주린 생활을 영위하던 사람이 죽일 놈 살릴 놈 하던 아버지의 돌변한 태도에 부딪쳐서 감격과 흥분을 맞이한 때문만은 아니었다. 아들과 아버지의 사이란 하나의 혈통이니까 커다란 불화가 있었다 해도 칼로 물을 벤 것과 진배없어서 그들은 언제나 다시 화합해야 할 핏줄을 가졌다고만 해석하는 데도 다소간의 불충분은 없지 않을 것이다. 그런 것과 관련을 가지면서도 결정적인 원인을 지은 것은 오시형이의 가슴에 아버지까지를 포함시켜 그가 여태껏 상대해 오던 일체의 '대립물(對立物)'을 받아들일 만한 준비가 되어 있었다는 점일 것이다. 여하튼 그는 아버지를 따라서 평양으로 내려갔다. 그러나 그것뿐만은 아니었다. 오시형이의 출감과 전후해서 무경이는 또 하나의 돌발 사건을 맞이하게 되었다. 그것은 어머니의 결혼이었다. 어머니가 어떤 남자와 교제를 가지고 있다는 것을 눈치 챘을 때 무경이는 커다란 실망과 함께 여자다운 질투와 어머니의 육체적인 체취에 대해서 늑지한[4] 구역을 느꼈다. 그리고 어머니를 잃어버리는 데 대해서 누를 수 없는 서러움을 경험하였다.

would benefit both his health and his relationship with the authorities. Going back to Pyongyang with his father, then, was essential for his future. If so, Mugyŏng figured, how trivial must a rented apartment in Seoul have appeared? What did it matter if his departure had left her feeling somewhat empty?

It was the same with her mother. Since becoming a widow at the age of twenty, her mother had lived only for Mugyŏng. If her daughter married, who would take care of her? On whom could she rely? It was Mugyŏng who had first betrayed her mother's trust and love. How could she not understand? Her mother must have lost her faith in widowhood as she decided to approve of her daughter's love. Mugyŏng had been an anchor, and mother finally let go. If that was the case, how could she blame her mother for pursuing her own happiness? Wasn't it, after all, only proper that Sihyŏng should plan for his future and her mother for her own? What about Mugyŏng, then, who was left behind?

"I'll have a life of my own!" This was the conclusion that always rescued Mugyŏng from her state of dejection.

She decided to move into the apartment she had rented for Sihyŏng. When her mother went to live

단 하나의 어머니도 잃어버리고 단 하나의 애인도 잃어버렸다. 직업에는 오시형이의 차입을 위하여 나섰던 것이요, 아파트의 방은 보석으로 나오는 그를 맞이하기 위하여 얻었던 것이었다. 의지하였던 것도 믿었던 것도 사랑하던 것도 희망하는 것도 일시에 없어져버린 것이다. 산다는 것의 의미와 생존의 목표를 어디서 찾아볼 수 있을까 하여 그는 잠시 동안 멍청하니 공허해진 저의 가슴을 처치해 볼 길이 없었다.

그러나 그는 희망을 잃지 않고 살아 나아가겠다는 하나의 높은 생활력 같은 것을 천품으로서 가지고 있었다. 그러한 생활력은 제 앞에 부딪쳐오는 어떤 어려운 문제라도 꿰뚫고 나아가야 한다는 강력한 의지력으로 나타날 때가 있었다. 사람은 제 앞에 부딪쳐오는 어려운 문제를 회피하지 않고 그것을 맞받아서 해결하고 꿰뚫고 전진하는 가운데서 힘을 얻고 굳세지고 위대해진다고 생각해 본다. 어떻게도 할 수 없는 난관에 부딪히고 함정에 빠져서 그가 생각해 본 것은 모든 운명의 쓴 술잔을 피하지 않고 마셔버리자 하는 일종의 '능동적인 체관(諦觀)'이었다. 그는 우선 어머니와 오시형이를 공연히 비난하고 시기하고 질투하지 않으리라 명심해 본

with Mr. Chŏng after their marriage, she sold their old house. Thanks to real estate inflation, the sale brought in seven hundred *wŏn* per four square yards. Altogether, fifteen thousand *wŏn* were deposited into Mugyŏng's savings account. Mugyŏng packed her things and left most of them with her mother, bringing with her only basic cooking utensils and a few necessities. Mugyŏng had inherited from her father a piece of land that yielded annually about seventy bags of rice. She let Mr. Chŏng manage it in exchange for an allowance of two thousand *wŏn* per year. The couple invited her to live with them, eager as they were to help her live comfortably. But Mugyŏng insisted on keeping her job as a housing office accountant.

Despite what had happened, Mugyŏng was still unwilling to entirely abandon her trust in Sihyŏng. When she first learned from him of his intention to return to Pyongyang, she instinctively sensed his change of heart. She knew that there was another woman in Pyongyang, an ex-governor's daughter, whom Sihyŏng's father favored as his future daughter-in-law. Mugyŏng thought of the woman as a dark shadow lurking behind Sihyŏng's decision. Still, neither of them wanted to talk openly about the is-

다. 자기 자신을 그들의 입장 위에 세워 보리라 생각했다.

　오시형이는 이 년 동안 옥중에서 충분한 사색과 반성을 가질 수 있었을 것이다. 그의 생각은 섬세해지기도 하였고 치밀해지기도 하였고 풍부해지기도 하였을 것이다. 그는 자기의 정신상 갱생을 사상과 학문상의 전향에서 찾으려 하였고 그의 육체와 생명은 다시금 빛 없는 생활에 얽매이지 않기를 본능적으로 갈망하고 있을 것이다. 아버지와의 관계에 있어서도 좀 더 원만하고 원숙해지리라 명심하고 있을 것이다. 사실 그는 가정이 있는 평양으로 내려가는 것이 건강에나 또는 당국 관계에 있어서도 편리할 것이라고 믿지 않을 수가 없었을 것이다. 오시형이가 아버지를 따라 평양으로 가는 것 그것은 그의 금후 생활을 영위하기 위해서 반드시 필요한 일이라고도 생각되어진다. 그렇다면 이까짓 방 같은 것이 합체 무엇이며 무경이의 마음이 다소 섭섭해지는 것 같은 것이 하상 무엇이냐고도 생각되어진다.

　어머니의 입장도 이와 마찬가지였다. 어머니는 이십 전에 홀몸이 되어서 자기 하나만을 믿고 살아왔다. 자기가 어떤 사내와 결혼하면 어머니는 누가 모시며 어머

sue of marriage. Was it because she believed in him? Or had she rather given up, realizing that even the most firm promise can change with time?

One day her mother asked, "Have you heard anything more from Sihyŏng about his father's engagement plans for him?" Mugyŏng was caught off guard by the question. "Nothing in particular," she said. But the answer did not satisfy her mother. Hesitantly, her lips opening and closing a few times before making any sound, the mother finally said, "Well, that's good, then. Though they may as well have discussed it, since he came all the way to take his son home. So, I suppose, his father also didn't say anything about your marrying him."

Mugyŏng felt her heart sink, but she quickly gathered herself. "Let him do what he likes. He can marry whomever, a governor's daughter or a princess..."

The mother was taken aback at this reply and didn't know how to press on.

A week after Sihyŏng left Seoul, he sent Mugyŏng a letter. It contained no affectionate words, only a confession of his own anxieties, written in dry phrases.

Now I am focused on thinking of my future, of how I can

니가 마음을 의지할 사람은 장차 누구일 것이냐? 어머니의 신뢰와 애정을 거역하고 나선 것은 딸이었다. 딸의 문제를 허락하였을 때 어머니가 그를 믿고 팽팽하게 당길 수 있었던 닻줄을 팽개쳐 버리면서 갑자기 독신생활에 대해서 신념을 잃어버렸다는 것도 넉넉히 이해할 수 있지 아니한가. 그렇다면 딸의 마음이 서운해질 것을 염려치 않고 어머니가 장래의 생애에서 행복된 설계를 가지려 하였다고 그것을 탓할 수는 없는 노릇이었다. 오시형이는 그의 앞날을 위하여 영위함이 있어 마땅한 일이며 어머니는 어머니의 남은 생애를 위하여 설계함이 있어 마땅한 일이 아니냐. 그러면 뒤에 남아 있는 최무경이 자기 자신은? 그는 생각해 본다.

'나는 나 자신을 위하여 생활을 가져보자!'

이것이 그를 구렁텅이에서 구하여낸 결론이었다.

시형이를 위하여 얻었던 방에는 제가 들기로 하였다. 어머니가 결혼하여 정일수 씨와 동거하게 되었을 때 어머니와 무경이가 살던 집은 팔아버렸다. 마침 가옥 시세가 가장 댓금[5]이던 때라 그리 새집은 아닌 것인데 한 칸에 칠백 원씩 받아서 일만 오천 원의 거액이 무경이의 저금통장에 기입되었다. 살림도 간단히 추려서 대부

be spiritually reborn as a stronger, better self. I had known previously the spirit of criticism. But ceaseless criticism can become self-torment. I don't want to be addicted to self-torment. Besides, I don't agree with the mistaken belief among intellectuals that all will go well so long as they continue to criticize society. Those who only criticize create nothing. Thus I cannot but nurture this new green sprout growing in my heart, even if it may lead me to egotism or compromise. Neither can I help it if, in this charged political climate, I have to abuse and sacrifice all that belonged to my past on the road to a new future.

There was no mention of marriage in the letter. Mugyŏng tried to believe that their love for each other would never change. But she also could not help feeling the faint pricking of a little needle in her heart. For a while, she had carefully kept a thin coating over its sharp point. But one slight pull would be enough for it to pierce through to her vulnerable heart. Such a state never lasts long. Nor was Mugyŏng naive enough to remain in the dark for long. The time soon arrived when she at last deciphered the concrete facts hidden behind Sihyŏng's abstract words.

Although Mugyŏng had sent several letters to

분은 어머니한테 맡겨두고 신변에 필요한 몇 가지와 취사도구의 간단한 것만 아파트로 옮겨왔다. 아직도 아버지의 명의대로 남아 있는 칠십 석 남짓한 땅은 으레 무경이에게 상속이 되었으나 정일수 씨한테 관리시키고 일 년에 이천 원씩을 받아다가 저금통장에 기입시키기로 작정하였다. 한집 안에 살기를 권하다가 그들의 뜻을 이루지 못한 정일수 씨와 어머니는 될수록 무경이에게 편의를 도와 주려 힘썼고 딸에 대한 그들의 애정을 극진히 표시하려고 애썼다. 무경이는 전과 다름없는 여사무원의 직업을 그대로 가지고 있었다.

그러나 이러한 조처를 대어놓고도 오시형이와의 애정에 대한 신뢰만은 덜지 않으려고 생각하였다. 하기는 시형이가 아버지와 타협하고 평양으로 내려간다는 고백을 들었을 때에 이 사건을 통해서 맨 먼저 느낀 것은 여자다운 직관력만이 날카롭게 간파할 수 있는 애정의 동요이었다. 평양에는 진척시켜 오던 약혼설이 있다. 도지사를 지낸 저명인사의 영양이 있다. 무경이는 고백 뒤에 어물거리는 그림자로서 그것을 눈앞에 그려보았던 것이다. 그러면서도 그들은 한 가지로 그 문제에 대하여는 아무러한 이야기도 나누려 하지 않았다. 무슨

Sihyŏng, she never received any reply from him. Then, one day, a brief letter came. It said that he was going to a hot spring for some absolute peace and quiet. He wanted her to excuse him for keeping his address unknown, since he had decided not to reveal it to anyone. Frequent communications would be inconvenient for him for many reasons.

In her letters Mugyŏng had always been cautious not to write anything that would distract Sihyŏng from the task of reorganizing and focusing his thoughts. She thought that he should be left alone to resolve his own problems without anyone's intervention. Let him deal with them on his own! Let him find his salvation in a new ideology! Such was her genuine wish. But what was the real meaning of his letter? Wasn't it actually saying that he now wanted to be liberated from Mugyŏng, to forget both her and all the memories associated with her name?

For some time afterward Mugyŏng had to endure a sharp, piercing pain in her heart. Soon it was fall. Winter came. New Year's Day passed. And then it was spring again. Still no news from Sihyŏng. Meanwhile, Mugyŏng made up her mind to spend the rest of her life alone, and with this new deter-

일이 있어도 오시형이의 마음만은 변하지 않으리라고 믿었던 것일까. 또는 아무리 따져놓고 약속을 굳게 하여 두어도 흐르는 수세는 당해 낼 재주가 없는 것이라고 단념해 버렸던 것일까. 어떤 날 어머니는 딸에게 이런 말을 물었다.

"시형이 아버지가 그 무슨 도지사의 딸이라든가 허구 약혼하라던 건 그 뒤 무슨 이야기가 없다든?"

이 날카로운 질문을 받고 무경이는 잠시 당황했으나,

"무슨 별 이야기 없던데요."

하고 대답하였다. 그러나 어머니는 마음을 놓을 수가 없다는 듯이 또다시 무어라고 입을 나불거리다가 여러 번 주저하던 끝에,

"글쎄, 그렇다면 좋거니와. 손수 올라와서 데리구 가는 바엔 그런 이야기두 있었을 법헌데. 그럼 무어 너허구의 결혼에 대해서두 아직 이렇다 할 의사 표시는 없은 셈이로구나."

하고 나직이 말하였다. 무경이의 가슴속에서는 꿍 하고 물러앉는 것이 있었다. 당황해지는 저의 마음을 부둥켜세우며,

"마음대루 허라지요. 도지사 딸한테 장갈 들려건 들구

mination came an almost spiteful desire for her own share of spiritual growth. "To have a life of my own! To cultivate intellectual autonomy so that I can articulate my ideas in my own words!" Before, under Sihyŏng's influence, she had studied economics. Now, following his footsteps again, she decided to study philosophy. "I follow you but only to outrun you!" In this motto she sought to bury all her feelings of jealousy, anger, disappointment, sadness, loneliness, and contempt.

Mugyŏng shook off her thoughts and walked away from her mother's photo. For some months now she had been reading Iwanami's *Lectures on Philosophy*. The book had many parts that she could not easily understand, but as she read on, as if studying for an important exam, she could feel her ideas gradually maturing. This feeling made her happy. Every time she closed the book for the night or opened it the next morning, she smiled, saying to herself, "I am growing up."

A while after the clock struck nine o'clock, she heard Kang's footsteps in the corridor along with those from a pair of high heels. The sounds stopped at the next door. Mugyŏng heard whispering. She knew that Kang had come to show the

귀족의 딸한테 장갈 들려건 들구……."

어머니는 이러한 딸의 언행에서 적지 않은 경악을 맛보았으나 그 이상 이야기를 이어나가지는 못하였던 것이다.

서울을 떠난 오시형이한테서는 내려간 지 일주일이 지나서 한 장의 편지가 왔다. 윤택이 있는 다정스런 문구는 하나도 없고 적잖이 고민이 섞인 생경한 문구로 적혀 있었다.

지금 내가 생각하고 있는 것은 나의 장래에 대한 것이오. 내가 어떻게 하면 정신적으로 재생하여 자기를 강하게 하고 자기를 신장시킬 수 있을까 하는 문제입니다. 일찍이 나는 비판의 정신을 배웠습니다. 그러나 이러한 자기 자신에 대한 비판만 되풀이하고 있으면 그것은 곧 자학이 되기 쉽겠습니다. 나는 자학에 빠져 버리고 싶지는 않습니다. 뿐만 아니라 외부세계에 대한 준열한 비판만 있으면 모든 것이 그대로 이루어지리라는 요즘의 지식인들의 통폐에 대해서는 나는 벌써부터 좌단(左袒)[6]을 표명할 수가 없었습니다. 비판해 버리기만 하는 가운데서는 창조는 생겨나지 않을 것이기 때문입

44

room to the new applicant, but she kept to her seat.

If the tenant wanted to rent a room only for the purpose of writing, this would likely mean no more than a few months. It was a bit odd that Mugyŏng should have so willingly offered the person the vacancy. Given the current housing shortage in the city, she could have easily found another applicant for a long-term lease... Mugyŏng regretted her lack of foresight. Although it was still possible to reconsider, she could not bring herself to turn down such a respectable applicant as a university lecturer. As a matter of fact, since beginning to study philosophy, she'd grown more interested in the university. The more esoteric the passages she read, the more awed she became of scholars. Mugyŏng's business sense was usually as clear-cut as an abacus, but her present state of mind disposed her to offer the lease without making many inquiries.

Someone was approaching. Two heavy knocks— it was Kang. She answered the door.

"She likes the apartment..." Kang said in a low voice. As Mugyŏng was putting on her shoes and stepping out into the corridor, a woman in Western clothes could be seen already heading down the

니다. 그러므로 설령 그러한 결과 도달하는 것이 하나의 자애(自愛)에 그치고 외부환경에 대한 순응에 떨어지는 한이 있다고 하여도 나는 지금 나의 가슴속에 자라나고 있는 새로운 맹아에 대해서 극진한 사랑을 갖지않을 수는 없겠습니다. 새로운 정세 속에 나의 미래를 세워 놓기 위해서 지금까지 도달하였던 일체의 과거와 그것에 부수[7]되었던 모든 사물이 희생을 당하고 유린을 당하여도 그것은 또한 어떻게도 할 수 없는 일일까 합니다.

물론 결혼에 대한 문구는 아무 데서도 찾아볼 수 없었다. 무경이는 애정에 대한 것만은 변치 않았고 또 앞으로도 변치 않으리라고 생각하여 보았다. 그러나 무경이는 어떤 급처를 마치 보자기로 송곳을 싸들고 있는 것 같은 위태로운 심리로 가만히 덮어놓고 있는 것도 희미하게 느끼지 않을 수는 없었다. 보자기를 조금만 힘을 주어서 잡아당기면 날카로운 송곳이 보자기를 뚫고 벌처럼 폐부를 찌르기를 사양치 않을 것이다. 그것을 잘 알고 있기 때문에 보자기를 어름어름 가만히 덮어놓아 보는 것이다. 그러나 이러한 상태는 오래 지속

staircase. They followed her downstairs.

"Please come in," Mugyŏng ushered the woman into the office. The woman, most likely in her thirties, was wearing colorful makeup and looked quite beautiful. As was fitting for a boutique owner, she wore a dress that elegantly outlined her body. Because of her rather bold makeup, though, Mugyŏng would not have been able to tell her apart from a woman of the lower professions, such as an actress or barmaid.

"I'm Ch'oe Mugyŏng. I work at the housing office."

"I'm Mun Ranju. I'm sorry to disturb you so late." Despite her words, Ranju glanced at the clock on the wall as if to point out that it was not even ten o'clock yet. "I like the apartment. Is it okay to move in tonight?"

"Sure. Actually, we have a rule against short-term leases..." Although it felt awkward, Mugyŏng could not help but raise the issue.

"He says he needs it only for his writing, but who knows? He may stay for longer. They say that in Tokyo all novelists keep an extra apartment in addition to their house." Ranju replied with a casual but measured smile. "Then I'll have him move right away. Is it okay if he pays his security deposit to-

될 수는 없었고 또 무경이의 성격이 그러한 상태에 어물어물 박혀 있도록 철부지도 아니었다. 드디어 오시형이의 편지 내용이 결코 추상적인 문구만이 아니고 실상은 생생한 구체적 사실의 진행을 그러한 추상적인 문구로 표현하여 놓은 데 불과하다는 것이 명백히 밝혀질 시기가 왔다.

그 뒤 무경이의 몇 장의 편지에 대해서 오시형이에게선 도무지 회답이 없었다. 그러다가 어떤 날 짤막한 편지가 한 장 왔는데 그것은 정양하러 어느 온천으로 간다, 통신관계가 빈번한 것은 여러 가지로 재미롭지 않아서 아무에게나 여행한 곳은 알리지 않기로 되었으니 양해하라는 내용의 글이었다.

오시형이가 자기의 사상을 정비하고 정신을 통일시키는 데 방해가 되고 장애가 될 만한 이야기는 될수록 삼가서 편지를 쓰던 무경이었다. 그의 문제를 그 자신이 처리하고 있는 데에 다른 사람의 수작이 하상 무슨 관계냐고 무경이도 생각해 보았던 것이다. 그로 하여금 그의 문제를 처리케 하라! 새로운 사상의 체계를 세워서 생명의 구원을 받게 하라! 그것이 무경이의 진심이었다. 그러나 이 편지가 내용하는 것은 무엇인가. 그런

morrow morning?"

"As you like. Early in the morning is good. Then I'll see you in the morning." Mugyŏng turned to Kang and said, "Please look after his moving in, though it may get a bit late for you. And please don't forget to lock the door behind him. By the way," she continued, turning back to Ranju, "we don't have any particular rules, but we put this together to help our residents enjoy their communal life better. Please take a look at it at your convenience. And could you write here the name of the professor?"

Mugyŏng gave Ranju a pamphlet and a piece of paper. Ranju wrote "Yi Kwanhyŏng" on the paper, accepted the pamphlet, and then took her leave.

"I'll see you again soon."

"Good night."

One woman went outside; the other went upstairs. A group of salary men, who had been out late at a dinner party, came in then.

"*Konbangwa.*"

"Ah ah, sorry for coming back late!"

Their murmurings soon subsided, and all was still again in the building. Mugyŏng locked the door of her apartment and walked to her desk.

것과는 관계없이 최무경이라는 석 자의 이름과 그 이름으로부터 오는 기억 속에서 해방되겠다고 하는 하나의 전혀 별개의 사실이 아닌가.

무경이는 보자기를 뚫고 올라온 송곳 끝이 제 심장을 쓰라리게 찌르고 있는 것을 느끼며 얼마를 보내었다. 가을이 왔다. 겨울이 왔다. 새해가 왔다. 봄이 닥쳐왔다. 물론 오시형이의 소식은 그대로 끊어진 채로. 그러나 이러한 가운데서 그가 가진 것은 '혼자서 산다'는 억지에 가까운 결심과 자기도 누구에게나 지지 않을 정신적인 발전을 가져보겠다는 앙심이었다. 나도 나의 생활을 갖자! 나의 생각을 나의 입으로 표현할 만한 자립성을 가져보자! 오시형이의 영향으로 경제학을 배우던 무경이는 또 그의 가는 방향을 따라 '철학을 배우리라'는 방침을 정하는 것이다. '너를 따르고 너를 넘는다!' 이러한 표어 속에 질투와 울분과 실망과 슬픔과 쓸쓸함과 미움의 일체의 복잡한 감정을 묻어버리려 애쓰는 것이었다.

무경이는 어머니의 사진 앞에서 머리를 털어버리고 이내 테이블로 왔다. 그는 몇 달 전부터 암파(岩波)[8]의 『철학강좌』를 읽어 내려오고 있었다. 알 듯한 곳도 모르는 대목도 많은 것을 이를 악물고 시험공부하듯이 대들

2

Even though Apartment 22 was furnished with a table and a wardrobe, Mugyŏng expected that it would take a while for the lecturer to move in since he would have to carry up at least his bedding, some personal items and, presumably, quite a few books. She worried that, despite his caution, he might disturb the sleep of the other residents. Yet everything proceeded quite smoothly, with little noise beyond the sound of busy footsteps. While she was relieved, Mugyŏng also felt a slight sense of disappointment. This feeling did not last long, however, as she figured that he must have brought with him only a few bags for now, planning to gradually move other things in later. She was a bit curious about what his relations were with Ranju. But Mugyŏng had made it a rule not to indulge in the bad habit of poking her nose into the private affairs of residents or their guests. Some time after the new tenant had moved his things in, she heard a pair of high heels walking along the corridor and down the staircase, and then she stopped caring about the issue.

Nothing happened overnight. Morning was the

었으나 날이 거듭될수록 어쩐지 제가 점점 어른처럼 되어가는 것 같은 느낌을 금할 수 없었다. 그것이 무한히 반가웠다. 책을 접고 침대에 누우면서 또는 아침에 침대에서 일어나서 책을 들면서 그는 언제나 '나는 어른이 되어간다'는 생각을 되풀이하면서 빙그레 웃고 하였다.

아홉 시를 친 지 한참을 지나서 강 영감의 발자취 소리와 하이힐이 복도를 울리는 소리가 들리더니 옆의 방문을 열고 무어라고 중얼거리는 말소리가 희미하게 들려왔다. 방을 보러 온 것이라고 생각하면서도 무경이는 그대로 책상 앞에 걸터앉아 있었다.

논문을 쓰는 동안이라면 무슨 논문인지는 모르나 길대야 삼사 개월의 기간이 아닐까. 삼사 개월밖에 들어 있지 않을 사람에게 순순히 방이 비었다고 말한 것은 저의 입으로 한 말이었으나 되새겨보면 이상한 일이 아닐 수 없었다. 주택난이 우심한 요즘에 일이 년의 장기간 동안 떠나지 않고 눌러 있을 손님을 골라서 두기도 그다지 어려운 일은 아닐 터인데…… 하고 역시 제가 한 대답이 경솔하였던 것을 느끼지 않을 수 없는 것이다. 지금 거절하여도 결코 늦지는 않다고 생각해 보면서도 사람을 오래 놓고서 어떻게 점잖은 사이에 무책임

busiest time of the day in the building. With a throng of people moving in and out, exchanging greetings and rushing to get ready for work, it was hard to tell one voice from another. Mugyŏng got up early as usual, washed her face with hot water, and cooked herself a simple breakfast. She read in her room until nine, the hour the office opened. Only after the clock struck nine did she head down. Kang, who worked the night shift, had just finished cleaning the office and had refilled the stove with coal. He retired to his home and would return by ten, as usual carrying a lunch box under his arm. Shortly thereafter the landlord also showed up. For two years now he had left the apartment in Mugyŏng's charge. He dropped by every morning to check the account balance, but he never stayed long. Mugyŏng always had the accounting book ready for his review, during which she gave him a detailed report on what had transpired the day before.

"The salary man in Apartment 22 moved out yesterday. But last night we received a new tenant, a university lecturer named Yi Kwanhyŏng. After subtracting this month's rent from his security deposit, I paid this to the outgoing tenant..." Mugyŏng pointed at the receipt. "I haven't settled the account with

하게 신의 없는 소리를 뱉어놓을 수 있을까고 망설여보는 무경이었다. 실인즉 그는 철학 공부를 시작하면서 은근히 대학이라는 존재에 대해서 마음이 움직이었고 읽은 책 가운데 모를 대문이 많으면 많을수록 학자라는 존재에 대해서 어떤 흠모의 마음이 은근히 동하게 되어 있던 것이다. 이랬거나 저랬거나 주판알처럼 사무에 밝은 그가 특별한 천착도 없이 방을 허락한 데는 이러한 요즘의 그의 심경이 은연히 움직인 데 까닭이 있다고 보지 않을 수 없을 것이다.

무경이의 방문에서 노크 소리가 난다. 뜨적뜨적이 두 번씩 두들기는 건 강 영감의 노크다. 그는 책상 앞에서 떠나서 문께로 갔다.

"방 보시구 마음에 든다는데……."

하고 나직이 귀띔하듯이 말하였다. 무경이가 신을 신고 복도로 나가니까 양장한 여자는 앞서서 층계를 내려가고 있었다. 그의 뒤를 따라 강 영감과 무경이도 아래층으로 내려왔다.

"이리로 들어오시지요."

하고 무경이는 복도로부터 사무실 안으로 안내하였다. 삼십이 넘었을 짙은 화장을 한 아름다운 중년 부인이었

the new tenant yet, but I will this morning. I'll count today as his first day. These figures are for this month's rent, and this expenditure is for electricity." Signaling his approval, the landlord stamped his slender seal on the accounting book as well as on each receipt. Without a word, he pocketed most of the money. Then he looked around the corridor and cafeteria, as if inspecting them. "I'm leaving now." His plump body soon disappeared from Mugyŏng's sight into the bustling streets outside.

A while later, Kang came back from his rounds to the furnace room. "Did the new tenant pay his rent yet?"

"No," Mugyŏng replied, "I haven't heard anything from him yet."

Kang started toward the janitor's office but stopped halfway. He turned to Mugyŏng and asked, "What did she say about his occupation?"

"A university lecturer. Why?"

"A university lecturer," repeated Kang in a low voice. He said nothing further for a moment.

"Well, why don't you go and hurry him up a bit?" he said at last, coming closer to Mugyŏng.

"I told her to have him settle the account early in the morning, but he must have forgotten about it. A

다. 양장점을 경영하는 여자이니만큼 옷도 기품이 있게 몸에 붙도록 지어 입었다. 화장이 좀 지나치게 야단스러워서 무경이와 같은 여자의 눈에는 마치 여배우나 여급과 같은 직업의 여자와 얼른 분간을 세우기 힘든 인상을 주었다.

"아파트에서 일보는 사람입니다. 최무경이라고 여쭙니다."

하고 인사를 드리니까,

"문란주(文蘭珠)올시다. 밤늦게 소란스레 굴어서 미안합니다."

그러나 열 시 전이니까 그다지 늦은 밤도 아니란 듯이 맞은 바람벽에 걸린 시계를 힐끗 쳐다보고는,

"방이 마음에 듭니다. 오늘 밤으루 이사해두 괜찮겠지요?"

한다.

"그러시지요. 원체는 한두 달 계실 손님에겐 방을 거절하라는 것이 아파트의 정칙인데……."

하고 열적은 소리기는 하지만 한마디 끼어보지 않고는 태평할 수가 없었다.

"논문 쓰는 동안이라군 하지만 또 오랫동안 빌려놓구

scholar's neglect of worldly affairs. Why don't you go and ask him yourself?"

Kang stood there with a brooding look on his face. Spring was just around the corner, but the old man still had on his well-worn fur cap. He wore tattered bluish overalls over his pants and an old woolen postman's jacket over his shirt. His misshapen boots, a resident's castoff, were at least made of genuine calf leather.

"All right, I'll go." Kang took off his cap and used his knotty fingers to part his crew-cut hair. He moved slowly to the corridor.

Mugyŏng noticed a sense of disapproval in his attitude. But since he did get things mixed up every now and then for no particular reason, she simply thought that he must have misunderstood something. Kang was old enough not to rashly vent his complaints. Instead, he would simply affect a brooding look. He had the same look when he was staring at Ranju last night.

Although Mugyŏng was not affected much by Kang's behavior, she did think it a bit odd that she hadn't heard anything from the new tenant, despite their morning appointment. It was almost eleven, but there was no sign of him in the cafeteria. She

이용하실는지두 모르지 않어요. 동경 같은 데선 소설 쓰는 사람들이 자기 주택 외에 모두 아파트 한 칸씩을 빌려 갖구 있다던데요."

그러고는 익숙한 매무시로 호호호 하고 웃어넘겼다. 웃음을 알맞게 끊고는,

"그럼 곧 이사하겠습니다. 시키킨[9] 같은 건 내일 아침에 치르기루 헐까요?"

"그렇게 하시지요. 아침은 될수록 이른 편이 좋겠어요. 그럼."

하고 강 영감을 향하여선,

"영감님 좀 늦으셔두 이사하시는 것 보아드리구 방문 잠그십시오. 그리구……."

다시 문란주 편을 향하여 낯을 돌리고는,

"특별히 규칙이랄 건 없지만 여러 사람이 단체 생활을 한다구 무어 이런 걸 만들어둔 게 있습니다. 참고삼아 틈 있거든 보아주십시오. 또 그리군 오시는 선생님의 성함자도……."

하고 인쇄물과 카드 조각을 내어놓았다. 문란주는 연필을 들어 종이에 이관형(李觀亨)의 석 자를 써주고 인쇄물을 받아서 들고는 사무실을 나갔다.

wondered if he were somehow already cooking in his new apartment. It seemed unlikely that Ranju should forget to pass the word onto him, or if she had, that she should not have shown up herself in his stead.

After a long while, Kang came back from upstairs with a deep frown on his face. He didn't tell Mugyŏng right away what the problem was. He just paced in front of the desk, looking quite upset. Finally, he blurted out, as if to himself, "What a rude fellow! And to an old man like me!" Mugyŏng saw trouble coming. Despite her misgivings, she asked, smiling, "What's wrong?"

"Huh, a university professor? Indeed!"

Eventually Kang told Mugyŏng what had happened.

"For the life of me, I can't figure that man out. Look, I knocked on his door, like I always do. I knocked several times, but there was no reply. So I knocked hard again and finally a voice answered, 'Whoever you are, please come in.' The voice sounded refined or arrogant, depending on how you take it. I turned the knob and found that the door was actually open. As I looked in, I could hardly keep my eyes open from all the cigarette smoke in the room.

"그럼 또 뵈옵겠습니다."

"안녕히 가세요."

한 여자는 밖으로 나가고 또 한 여자는 위층으로 올라갔다. 그때에 연회에서 늦게야 돌아오는 회사원의 한 패가 밖으로부터 몰려 들어오며 강 영감에게,

"곰방와."[10]

"아아 늦어서 미안합니다."

하고 중얼거리는 소리가 들려왔으나 이내 또 아파트 안은 조용해졌다. 무경이는 다시 제 방에 들어와서 문을 잠그고 책상 앞으로 갔다.

2

테이블과 양복장 같은 것은 방에 붙은 것이 있으니까 새로이 끌어들일 턱이 없다면 그럴 수도 있는 노릇이지만 참고서적도 많을 것이요 침구라든가 신변도구 같은 것의 운반으로 하여 적지 않이 시간을 잡아먹을 이사일 줄 예상하였고 어련히들 주의야 하겠지만 동숙인들이 잠든 시간에 혹시 안면 방해가 되는 일이나 없을까고 생각해 보았던 만큼 자정도 되기 전에 발자국 소리 외

It was like someone was trying to smoke out a bear. Till then, though, I was still thinking, the man must be so deeply engrossed in his writing that he didn't even notice all the smoke. How could I have guessed that he was still lying in bed? And what fine clothes he wore! That hair of his, and that face..."

A grimace animated Kang's wrinkled face, as if he could not even begin to describe the horrific sight of the man. After a pause, he continued.

"Last night I knew something looked fishy. After you retired upstairs, I stayed to watch him move in. He got out of the car and walked in, carrying only one bag in his hand. Then that loud woman rushed in ahead of him, and she was also carrying only one small bundle. Our university professor had a hat on. I couldn't tell what kind of suit he was wearing, but he did have a coat on, and it was old and rumpled... Anyhow, things were already getting fishy... And now all morning he seems to have been just burning up cigarettes in bed. I told him, 'According to the apartment's regulations, Sir, you have to pay the first month upfront and a security deposit equivalent to three months' rent.' He just answered, 'Leave me alone.' So I said again, politely, 'Sir, if we really

엔 별반 요란스러운 음향도 없이 아주 쉽사리 간단하니 반이나 끝난 듯싶어졌을 때엔 무경이는 일변 안도하면서도 다소 실망을 느꼈다.

하기는 집이 서울 안에 있으니까 간단히 가방깨나 날라오고 뒷날 차차 소용되는 대로 짐을 날라 들일는지도 모를 것이므로 무경이는 그런 것을 오래 생각지는 않았다. 이관형이와 문란주의 관계가 어떻게 되는 것인지를 상상할 수가 없어서 다소 궁금하다면 궁금하였으나 이사 오는 사람이나 동숙인의 가정 관계를 소상히 알고 싶다는 필요하지 않은 악취미에서 벗어난 지도 이미 오래인 그이므로 이사가 끝나고 한참 있다가 하이힐이 복도를 지나 층계를 내려가 버리는 것을 듣고는 그런 것에도 별반 오래 머리를 쓰지는 않았다.

하룻밤이 지나고 아침이 되어도 물론 새로운 일이 생겨날 리 만무였고 여느 때보다 출근하는 사람이 많은 이 집안은 아침이 가장 뒤숭숭한 시간이라 문소리 발자국 소리 말소리 같은 것이 어느 방 어느 사람의 것인지를 분간할 수도 없는 것이었다. 무경이는 어느 날이나 진배없이 일찌감치 일어나서 물을 끓여 세수를 하고 간단히 아침을 지어 먹었다. 아홉 시가 출근 시간이므로

went by the rules, we wouldn't have allowed you to move in last night without paying upfront. But we made an exception for you.' Again, he just told me to shut up and wait downstairs. How could I not get upset at that? I warned him, 'Well, if a tenant doesn't comply with the rules, he must vacate his room.' He said, 'Huh, what a hassle! I don't want to talk to you. Send up your boss!' I retorted, 'But we accept payment only at the office.' Then he sprang out of bed and yelled at me, 'Shut up and send up your boss!' I had no desire to mess with him, considering his clothes and how unkempt he looked. So I slammed the door behind my back. A fine university professor, indeed! Last night's woman, she must be a whore. A barmaid or an actress, you know, like the ones who act in movies."

"She said she owns a boutique." Mugyŏng didn't mean to defend the woman but rather to curb Kang's habitual overstatement.

"A *butiku*?"

"Yes, a place where they make ladies' clothes."

This news had an effect on the old man, who seemed to calm down a bit. "I don't care what she owns..." Kang's voice trailed off, as he started going back to the janitor's office.

그때가 되기까지는 방 안에서 책을 읽었다. 아홉 시 치는 것을 듣고야 사무실로 나갔다. 무경이가 나가는 것과 교대해서 사무실을 치워 놓고 스팀에 석탄을 지피는 일을 끝막은 강 영감이 일단 집으로 돌아간다. 열 시가 되어 점심 벤또를 끼고 강 영감이 나타나고 조금 있다가 주인이 나타났다. 무경이에게 이 년 동안이나 일을 맡겨둔 주인은 오전 중에 아무 때나 잠시 얼굴을 내놓고 장부나 검사해 보고는 다시 나가버리는 것이었다. 그래도 무경이는 그가 들어올 때를 기다려서 장부를 정비해 두었다가 하루 동안의 일을 소상히 보고하였다.

"어제 삼층 이십이 호에 있던 회사원이 나가고 밤 안으로 이관형이라고 하는 대학 강사가 새로 들어왔습니다. 나간 사람의 보증금 중에서 이번 달 치를 제하고 지출한 것이 이게고⋯⋯."

하면서 그는 전표를 가리킨다.

"새로 들어온 사람의 회계는 아직 보지 않았으나 오전 중에 계약이 끝날 것입니다. 오늘 들어온 걸루 헐라구요. 그리구 이건 각각 이번 달 치 방세들하구 또 이 지출은 전등료."

주인은 가느다란 도장을 들고 하나하나 장부와 전표

"Thank you for your help. I'll go and see him my-self, though I'm not the landlord, either."

Mugyŏng said this lightheartedly, but she was ac-tually quite upset at Kang's report. Facing the door of Apartment 22, she tensed up. Knock knock. Just as Kang said, a voice slowly answered, "Whoever you are, please come in." She felt awkward entering a man's apartment alone. She gingerly turned the knob and put her leg forward first, hoping that the sight of her skirt through the door would alert the man to the fact that she was a woman, and that he should behave appropriately. She waited for a mo-ment, inhaling the smoke that seeped out through the open door. Finally, she pushed her whole body into the room.

The man was in bed, lying on his back with his eyes fixed on the ceiling. He was smoking a ciga-rette. He did not look her way and remained ap-parently unaware that his visitor was a woman. Needless to say, he hadn't noticed Mugyŏng's subtle way of announcing herself. The lower half of his body was covered with a thin padded comforter, while the upper half was wrapped in a dazzling bright gown that was unmistakably a woman's gar-ment.

위에 인장을 눌러 치우고는 아무 말 없이 입금 중에서 얼마를 남겨놓고 사무실을 나갔다. 식당을 한번 돌고 복도를 삥 시찰하듯 하고는,

"그럼 난 나가우."

하고 뚱뚱한 몸을 길 위로 옮겨놓았다. 주인이 나간 뒤 얼마가 지나서 보일러를 돌아보고 온 강 영감이,

"어젯밤 새루 들어온 양반 회계 끝났었나?"

하고 물었다.

"글쎄 여태 아무 소식두 없구먼요."

강 영감은 숙직실 앞으로 가다가 멈칫 하고 서면서,

"그 양반의 직업이 무엇이라구 허셨지?"

하고 돌아본다.

"대학 강사랍디다. 왜요?"

"대학 강사."

그렇게 다시 나직이 뇌기만 하고는 그 이상 이야기를 잇지 않았으나,

"그 한번 채근해 보시지."

하고 무경이 앞으로 걸어왔다.

"글쎄, 오늘 일찍이 회계를 보기루 일러두었는데 세상 물정에 어두운 학자님이시라 그런 건 통히 잊어버린 게

"Oh, my, all this smoke," said Mugyŏng in a low voice as a cue to the man. He lifted his head. Finally recognizing that the caller was a woman, he sprang up from the bed. His hair was uncombed and disheveled, while his face was covered with stubble that had not seen a razor in a while. He had a fair complexion, but he also looked quite pale. A loaf of bread, which it seemed he kept by his arm, rolled down from the bed.

He looked embarrassed, as if ashamed of being caught by a woman in his present state, and especially in such a gown.

"The landlord is not in. I'm his representative."

Upon hearing this, the man's sullen expression returned. Averting his eyes, he said in an accusing tone, "Don't you know any better than to treat a guest like this?"

"Well, there are times when we make mistakes in treating our guests. But tell me, what did the old man do wrong?" Mugyŏng was determined to settle the score with the man without at all humoring him.

After a brief pause, he said, "I'll pay the rent and the security deposit. Can't a guest make a payment without your being rude to him?"

"Yes, of course. But you broke your promise. If

로구먼요. 그럼 영감님 수고스럽더래두 한번 올라가 보시구려."

강 영감은 잠시 눈을 꿈뻑꿈뻑하고 서 있었다. 오래지 않아 봄이라는데 그는 여태 털 떨어진 방한모를 귀밑에까지 푹 눌러쓰고 보일러 칸으로 드나든다. 바지 위에 작업복이 낡아서 푸르등등한 놈을 껴입고 웃저고리 위에도 털 떨어진 체부[11] 옷을 단추가 두 개나 떨어진 대로 껴입고 있었다. 신발만은 아파트의 손님이 신다가 내버린 틀어진 깃도[12] 단화였다.

"그럼 내 올라가보지."

모자를 벗어서 놓고 맹숭맹숭하게 갓 깎은 머리를 갈구리 같은 손으로 한번 써억 젖혔다. 그러고는 슬근슬근 복도를 걸어 나갔다.

무경이는 강 영감의 태도에서 마땅치 않아 하는 눈치를 느낄 수 있었으나 제 비위에 맞지 않을 때엔 가끔 있는 일이므로 공연한 오해일 것이라고 생각해 본다. 연세가 연세인지라 자기가 못마땅히 생각하여도 남의 앞에서 그런 것을 경솔히 지껄이지는 않는 성미였다. 그저 꿈뻑꿈뻑 눈을 감았다 떴다 하는 것이 그러할 때의 표정이었다. 어젯밤 찾아왔던 양장한 여자를 물끄러미

the old man behaved rudely, that's probably be-
cause things don't quite match up with what we
were told last night."

"I broke a promise? Things don't match up? What
do you mean? What kind of solemn promise have I
ever made to you?"

He was now staring straight at Mugyŏng. She
paused for a moment. It all seemed ludicrous to her
that she should be having an argument like this,
with her standing at the threshold and him still sit-
ting on the bed. But she reminded herself of her
responsibilities as the building's representative.

"I just met you now for the first time. So I of course
haven't received any promise from you. When I rent-
ed this unit last night, I did so by trusting the lady
who came by. It's not that I met you in person."

She meant to offend the man's pride. He came
down from the bed. He looked comical with a
woman's gown draped over his suit.

"What was this promise? Did she say that I won't
budge, even if you treat me rudely?" He glared at
Mugyŏng.

"She said that you're a lecturer at the Imperial
University, and that you needed this apartment for
your study. And you were supposed to have cleared

처다보면서도 강 영감은 그런 표정을 지어 보였었다. 역시 그런 것이 원인이 되어서 일종의 오해까지도 품어 보게 된 것일 게라고 생각은 해보는 것이나 아침 일찍이 회계를 보자고 언약해 놓고서 일언반구의 이렇다 할 말이 없는 것도 심상치 않은 일이거니와 열한 시가 되어 오는데 식당에도 내려오는 기척이 없으니 어느새 취사도구를 정비해 놓고 아침을 손수 지어 먹은 것인가 도무지 어인 일인지 감감 동정을 알 수가 없었다. 양장한 여자가 그런 사연을 통히 전달하지 않았다고 생각할 수도 없고 또 그랬었다면 그 양장한 여자라도 이르게 얼굴을 보이어야 하는 게 아니냐고도 노상히 생각되어지지 않는 바는 아니었다.

그러고 있는데 한참 만에 강 영감이 적이 뚜우한 낯짝을 하고 어슬렁어슬렁 위층으로부터 내려왔다. 하회[13]가 궁금한데도 이내 입을 열지 않았다. 대단 불유쾌한 표정이었다. 잠시 책상 언저리를 빙빙 돌다가 혼잣말로,

"고오연 친구여 젊은 사람이!"

하고 한마디 툭 뱉었다. 무경이는 종시 말썽이 생기나 보다고 내심 걱정이 되면서도,

your account this morning."

Suddenly the man looked dumbstruck. He was at a loss for words, and he looked as if he was completely drained of energy.

He quietly turned around and walked back to the side of the bed. "A university lecturer." Mugyŏng heard him repeat these words under his breath, as if trying to set them to memory. But soon he turned to face her again.

"If she really told you that I'm a university lecturer looking for a writing studio, then she lied. I take back her words. But what matters in the end is the rent and the security deposit, isn't it? You won't mind whether I write or read, so long as I don't disturb anyone? You certainly don't have any regulation that a tenant should be a university lecturer..."

"True, you could say that."

"In that case," he said, putting his hand into a jacket pocket, "I'll give you the money by today. If you can't trust me, you have me here as a hostage. I'll even leave this golden watch with you. This is the only thing I have on me now."

"Absolutely not! Do you think we're running a pawnshop here?"

"Well, what do you want me to do, then? Are you

"왜요?"

하고 입술 위엔 웃음을 그려본다.

"흥, 그 사람이 대학교 선생이라구? 온 참!"

또 한 번 그렇게 뇌더니 무경이의 앞으로 와서 이야기를 털어놓기 시작하였다.

"당최 어떻게 된 사람인 걸 알 도리가 있어야지. 자아 이거 보겠나. 늘 하는 본새로 떵떵떵떵 그 노크라는 걸 허지 않았나. 대여섯 번 겹쳐 해두 도무지 하회가 없겠다. 그래서 또 한번 커다랗게 두드렸더니 그제야 누구 인지 들어오시오, 점잖다면 점잖고 또 거만하다면 거만하달 대답이 들리길래 문을 비틀어 보았더니 참말 문을 잠그지는 않았어. 그래서 낯을 문틈으로 들여보내려구 허는데 방 안에 자옥한 연기 그대루 곰을 잡을 작정인 지 그냥 담배연기가 눈을 뜰 수 없게시리 가득히 찼더란 말이여. 그러나 나야 또 무어 글이래두 쓰면서 딴정신이 없어서 담뱃내 찬 것두 모르는 줄 알았지. 침대에 번듯이 자빠 누웠는 줄이야 알았을 도리가 있나. 그 입은 것 허며 그 머리라 낯짝이라……."

차마 입에다 옮길 수 없다는 듯이 주름살 진 표정을 잠시 쭈그려뜨려 보이고 말을 끊었다가,

ordering me to get out right now just because you can't wait a few hours?"

Just as they were about to cause a scene, the sound of footsteps was heard from the staircase. Ranju emerged, carrying a large bundle under her arm. She was followed by a driver who was also carrying what looked like a roll of bedding.

"Hello, good morning. Sorry I'm late."

Ranju greeted Mugyŏng. Noticing the awkward tension in the air, she smiled, saying, "What happened? Is there any problem?" She took the bundle from the driver and with an effort carried it into the room. Then she turned toward the man, who was standing beside her with a sulky look on his face. "Why are you standing there like a wooden pole?" Then she said to Mugyŏng, "I'll come down right away."

Mugyŏng just stood there. She no longer had any reason for arguing, nor did she feel like explaining the situation to Ranju. Yi Kwanhyŏng also seemed to see no point in continuing their argument. He quietly went back to bed. What nonsense! Mugyŏng simply closed the door and returned to the office downstairs. Kang was nowhere to be seen. She found the entire affair ludicrous rather than un-

"내 벌써 어젯밤부터 꼬락서니를 보고서 콧집[14]이 찌그러진 줄 알았었지만, 자아 어젯밤 최선생 올라간 뒤에 그 양반들 이사 오던 꼬락서니 좀 보았나. 그저 가방 하나만을 들고 차에서 내려서 껑충껑충 들어오는데 그 야단스런 부인네는 조꼬만 보꾸레미를 하나 들고서 앞서서 뛰어들어가고 이 대학 선생이란 양반은 모자를 썼겠다. 무어 벤벤한 양복깨미나 허긴 낡아빠진 외투는 꺼칠허게 뒤집어썼으면서두…… 어쨌던 벌써 콧집이 틀려먹은걸…… 그런데 이 사람이 오늘은 번뜻이 침대에 누워설랑은 그저 담배만 죽여 대인 모양이지. 그래서…… 저 여기 규칙대루다 보증금 석 달 치허구 한 달 치 선금일랑을 치르셔야 허겠는뎁쇼 하고 말했을 것 아니여. 그랬더니 그저 암말 않고 나가 있어 한마디뿐이라. ……아니올세다, 규칙대루 헌다면 보증금과 선금 치른 뒤에야 이사하는 건뎁쇼. 선생님껜 특별히 규칙 위반으루다 대접해 드린 것이올세다. 이렇게 또 한번 공순히 설명해 드렸는데두 그러게 잔말 말구 내려가 있으라는군그래. 부애가 나서 견뎌 배길 도리가 있나. 아니올세다. 규칙대루 이행허시기 싫은 분은 부득불 방을 내기루 되어 있는뎁쇼. 허구서 한번 을러놓았드니 허

pleasant or offensive. She'd taken part in the scene, but she couldn't make heads or tails of it.

What kind of man was Yi Kwanhyŏng? Despite his shabby, bizarre appearance, Kang's portrayal of him did not do him justice. It was obvious that he was no university lecturer. Then why did the woman Ranju settle on this particular profession? He could have been anything, a salary man, a mine developer... Why on earth a university lecturer?

Ranju came down. Seemingly aware of what happened, she gently smiled at Mugyŏng upon entering the office. "I'm sorry I was late." Today, too, she was wearing colorful makeup. A close look at her eyes, lips, and neckline suggested that she was very well versed in the art of cosmetics. She opened her purse and took out her wallet without asking any questions. The red manicure on her nails contrasted with her white, slender fingers, creating a strangely delicate allure.

"The security deposit is one hundred and fifty. And the first month's rent is thirty five. So one hundred and forty *wŏn* altogether, right?"

Mugyŏng made no reply. She just filled out the tenancy contract form, counted the bills, and deposited them in the safe. As she entered Kwanhyŏng's

허어 거 참! 영감은 소용없으니 주인을 보내래눈! 돈은 사무실에 내려오서서 치르게 되었는뎁쇼. 허구서 또 한 번 빈정거렸더니 벌떡 일어나면서 잔말 말고 나가서 주인을 보내! 허구 호령이겠지. 난 당최 그 입은 것 허며 낯바대기가 무서워 수작을 걸기두 싫어서 엥이 문을 찌끈 닫고 내려와 버렸지. 거 참! 그 무슨 오라질 대학교 선생이람! 대체 어저께 왔던 그 여편네가 잡년야, 그게 바루 여급 아냐, 술집에서 술 따르는 그러잖으면 활동 사진 박히는 광대년이든지……."

"양장점 경영하는 부인네랍니다."

별로 변호해 준다는 의식은 없었으나 좀 과장하는 버릇이 있는 강 영감인지라 무경이는 나직이 그렇게 설명해 주었다.

"양장점?"

"네 부인네들 양복 짓는."

그랬더니 강 영감은 기가 좀 사그라지는지,

"양장점을 허는지 무얼 허는지 모르지만……."

하고 숙직하는 방으로 갔다.

"수고하셨습니다. 내 그럼 올라가 만나보지요. 허긴 나두 주인은 아닌데."

name into the registry, she paused to ask, "What about his occupation?"

"Well, things are a bit up in the air as far as his occupation is concerned," came Ranju's voice over her shoulder. It seemed that she'd just run into trouble over this issue upstairs. "As a matter of fact, he did teach at the university a while ago, but then he was dismissed. That's why I said yesterday he's a lecturer. To tell you the truth, he's temporarily out of a job now. Since he says he'd prefer to be known as unemployed, why don't we just write 'unemployed'? He is twenty-seven years old, no, twenty-eight. He was twenty-seven last year..."

3

The apartment building had thirty-six one-bedroom units and twenty-five two-bedroom family units. Since the tenants numbered over a hundred, Mugyŏng could not possibly remember all their faces, nor did she have enough leisure or interest to delve into their characters and habits. Once she checked someone in, she hardly had any contact with the person except on special occasions. The tenants were all familiar with Mugyŏng, since she

무경이는 농담을 지껄여서 가볍게 취급해 버리며 사무실을 나왔으나 물론 강 영감의 보고는 그를 적지 않게 불쾌하게 만들었다. 이십이 호실 앞에 서니까 제법 마음이 긴장되었다. 노크를 하니까 강 영감의 이야기처럼 참말 '누구신지 들어오시오' 하는 느린 목소리가 들려왔다. 남자가 혼자 들어 있는 방이라 주저도 되었지만 가만히 핸들을 비틀고 얼굴보다 스커트 자락과 구두를 먼저 안으로 들여보냈다. 찾아온 사람이 여자라는 것을 알고 그에 합당한 예의를 갖추라는 예고로서 하는 것이다. 잠시 동안을 두고 밖에서 기다리는데 연기에 찬 방 안의 공기가 문틈으로 새어나왔다. 이윽고 그는 얼굴을 나타내고 열어 젖힌 문으로 몸을 완전히 방 안에 들여세웠다. 그러나 침대 위에 누워 있는 사내는 그대로 번뜻이 천장을 바라보며 담배만 피우고 있을 뿐 이편 쪽으론 눈길도 보내지 않았었고 그러니 무경이가 구두나 스커트를 먼저 들여놓았다든가 하는 세밀한 기교도 알아줄 턱이 만무하여 통히 들어온 사람이 젊은 여자라는 것에도 생각이 미치지 않는 모양이었다. 얄따란 차렵이불을 배퉁이께로부터 발치 위에 덮었고 상반신은 여자의 것이기 확실한 화려하고 화사한 가운을 두

lived in the same building and had her office right next to the entrance. But unless someone violated communal etiquette, she had no intention of communicating with tenants beyond the regular business of collecting rent and utility fees. Even when there was trouble, she did not herself intervene, leaving the job to Kang or the landlord. She exchanged casual greetings with only a few of the older tenants. Yi Kwanhyŏng could have easily become one of the men whom she failed to notice.

Yet somehow—although she never saw him again, despite his living next door—the thought of him lingered in her mind. Her bizarre exchange with him on the first day and his unusual character were partly responsible for this. Moreover, Ranju's daily visits continued to remind Mugyŏng of this mysterious man. Every evening, on her way back to her apartment, she wondered how he had spent the day in his room. A one-time Imperial University lecturer. A failed man with an unshaven face, who wore a woman's gown and spent all day smoking and nibbling at the bread he kept at his bedside... So odd and scandalous was Kwanhyŏng's image that she kept thinking about him even in her spare time.

르고 있었다.

"아이 연기."

나직이 그렇게 말하면서 사내의 귀에 들리도록 인기척을 만들었다. 사내는 뻐끔히 머리를 들어보았다. 여태껏 여자인 줄은 몰랐었던지 이윽고 벌떡 자리에서 상반신을 일으킨다. 머리가 뒤설켜서 구숭숭한데 면도를 넣은 지 오래되는 얼굴 전체에는 지저분한 반찬 가시 같은 수염이 쭉 깔렸다. 얼굴은 해사했으나 몹시 창백한 것 같았다. 옆구리에 놓았던 것인지 빵조각이 침대에서 굴러 떨어진다.

사내는 자기의 모양 하며 옷 주제 하며가 여자의 앞이라 다소 부끄러웠던지 잠시 당황하는 듯한 표정을 지어 보았으나,

"아파트의 주인은 안 계시고 제가 그 대리를 맡아보는 사람입니다."

하는 침착한 젊은 여자의 목소리를 듣고는 다시 무뚝뚝한 낯색으로 표정을 고치고,

"당신네 집이선 어째 손님에 대한 예의가 그렇습니까."

하고 외면을 한 채 항의 비슷한 트집을 쏟아 놓기 시작

One evening Ranju came for a visit, and Kang called attention to her by saying, "The seamstress visits her university professor again." Mugyŏng lifted her eyes from the desk and replied with a smile, "You really don't like her," but he denied it. "I have no reason to dislike her, but don't you think her relationship with that man is a bit strange? It's certain they're not related. My eyes don't deceive me. He boasted of being a university lecturer, but they can't fool me." Without waiting for Mugyŏng's reply, Kang left to check the furnace, mumbling, "Something's fishy! They can't fool my eyes." At Kang's words, Mugyŏng's thoughts again drifted to the couple's mysterious relationship. Although she chided herself for such thoughts and blushed at taking an unwanted interest in the affairs of others, she couldn't prevent her imagination from wandering.

On the morning of the sixth day after Kwanhyŏng moved in, Kang informed Mugyŏng, as she entered the office, "It's strange... the seamstress skipped her visit yesterday. I expected her till late at night, but for whatever reason, she never showed up." Mugyŏng simply said, "I see," and did not inquire further. About one o'clock that day, while she was reading one of the magazines at the office, she saw

하였다.

"글쎄올시다, 여러 분을 대하게 되는 관계상 소홀하게 되는 수도 많으리라고 믿습니다마는 지금 올라왔던 영감님께서 어떤 실수를 하셨던가요?"

무경이도 지지 않고 따질 것은 따져놓자는 뱃심이었다. 사내는 잠시 말을 끊었으나,

"집세고 보증금이고 치르면 될 거 아닙니까. 손님에게 무례한 짓을 하지 않고도 받을 돈은 받을 수 있지 않아요?"

"그야 그렇겠습지요. 그러나 말씀하셨던 언약이 잘 지켜지지 않고 또 어젯밤에 하신 말씀과는 잘 부합되지 않는 곳도 있으니까 아마 영감님의 욱된 생각에 그만 실수가 된 것 같습니다."

"언약이 잘 지켜지지 않았다든가 어젯밤에 하던 말과 부합되지 않는 곳도 있다니 대체 내가 당신네들과 무슨 굳은 맹서를 하였단 말이오?"

무경이는 잠시 말을 끊었다. 사내는 침대에 다리를 뻗고 앉은 채 자기는 문지방에 선 채 이런 다툼을 서로 건네고 있는 것이 우습기도 하였지만 아파트를 대표해서 이야기하는 이상 따질 대로는 따져본다고 다시 생각한다.

Kwanhyŏng staggering down the staircase for the first time since he had moved in. His face and hair were as messy as before, but he was no longer wearing a gown over his suit jacket. Once downstairs, he took a sweeping look around. He ran his eyes over the signboards for the cafeteria, billiard room, and bathing area on the ground floor. As if intrigued, he walked up to each signboard and inspected the facilities inside before going back upstairs. A while later, he came down again with an envelope in his hand. This time he walked straight into the office.

Upon entering the office, he made a bow to Mugyŏng. She got up from her seat to return the courtesy.

"May I use the phone?"

She moved the phone closer to him. Flipping through the phone book, he asked, "Do you have a delivery service you use?" "Yes, we do." Mugyŏng told him the phone number, which he dialed. He asked for a messenger. After hanging up the phone, he seemed hesitant about whether to go back to his room or to stay at the office while waiting for the messenger to arrive.

"Please take a seat. He'll come in no time. By the way, there's a phone on the third floor, too. You

"선생님과는 지금이 초면이니까 그런 약속이 있었을 리 만무하지만 어저께 오셨던 부인네의 말씀을 신용하고 방을 빌려준 것이지 본시부터 선생님을 친히 뵈옵고 언약이 된 것은 아니었습니다."

사내의 자부심을 다소 건드려주는 말투였다. 사내는 침대에서 내려섰다. 양복 위에 여자의 가운을 입은 품이 어쩐지 우스웠다.

"대체 어떤 내용의 언약입니까. 손님에게 아무런 무례한 짓을 하여도 움쩍달싹 않겠다는 약속이라도 했었던 가요?"

사내는 면바로 무경이를 쳐다보았다.

"어제 부인네의 말씀에는 손님의 직업은 제국대학의 강사요, 방을 빌리는 목적은 논문을 쓰시는 데 있다 하였고 방세와 보증금은 오늘 새벽에 치르기로 되어 있었습니다."

사내는 갑자기 말문이 막혀버렸다. 말문이 막혀버렸을 뿐 아니라 몸 자세에서도 기운이 쑥 빠져버리는 것이 옆의 사람의 눈에도 현저하게 보이었다.

그는 가만히 외면하고 침대 옆으로 가 섰다.

"대학 강사."

can call from there in the future."

Kwanhyŏng sat down in the chair. Mugyŏng fixed her eyes on the magazines to avoid awkward eye contact. He broke the silence first. "How is it that there's no barber in the building?" As their eyes met, she almost burst out laughing, but managed to check the impulse. He finally wants a hair cut, she thought.

"We had a barber here before, but there's an old barber across the street, so the business wasn't so good. You can't run a barbershop on our residents alone. There are one hundred and twenty-three people living here but many of them are women, and even if the men were to get a haircut twice a month, it still adds up to only fifty or sixty *wŏn*, hardly enough to pay a barber's salary. So we had to close the shop since there's another so close by."

"Ah, I see," Kwanhyŏng nodded, as if impressed by her explanation.

"In its place there's now a billiard room. You know, the room next to the bathing area."

The messenger arrived. Kwanhyŏng gave him a letter, saying, "If Mr. Yun isn't there, just bring it back, but don't show it to anyone."

하고 나직하니 외우듯 하는 것이 들려왔다. 그러나 그는 이내 다시 몸을 돌리어 이편 쪽을 보면서,

"내 직업이 대학 강사라든가 내가 이 방 안에서 논문을 쓴다고 말했다면 그건 거짓이었으니까 내 입으로 취소하겠습니다. 그러나 중요한 건 결국 보증금과 방세 문제 아녜요. 남에게 방해되는 일이 아닌 이상 논문을 쓰든 글을 읽든 그런 것에 관계할 필요는 없을 테구 또 직업 같은 것두 대학 강사라야 된다는 규정이 있을 턱은 없을 거구……."

"글쎄, 그렇게두 말씀하실 수 있겠지요."

"그럼."

하고 사내는 양복 주머니에다 손을 넣었다.

"돈은 오늘 안으루 해드릴 터이구 또 그때까지 믿으시기 힘들다면 나를 인질루 잡아두는 겸 내가 몸에 지니구 있는 소지품이라군 이 금시계가 하나 있을 뿐이니까 이걸 그럼 그때까지 맡어두십시오."

"온 별말씀을! 여기가 무어 전당폰 줄 아십니까?"

"그럼 어떡하라는 겁니까? 몇 시간의 여유도 헐 수 없으니 당장에 나가라는 말입니까?"

이렇게 적이 난처한 장면이 벌어지려 할 때에 마침

Then he went back upstairs. About forty minutes later, the messenger returned. He seemed to have been successful in his delivery. Thirty minutes after that, a rotund, well-dressed, and energetic middle-aged gentleman arrived, asking for Kwanhyŏng. Mugyŏng told him the apartment number, thinking that he must be the recipient of the letter.

Kwanhyŏng seemed to be finally awakening from his hibernation. Comparing him to an animal sloughing off dead skin, Mugyŏng smiled to herself. But when she considered the transformation he must have undergone after the painful end to his academic career, her thoughts took a darker turn. Such reflections on the grim facts of life always reminded her of Sihyŏng. Maybe men are prone to acting out in unusual ways when confronted with serious obstacles. If they reach a wall, do they all become failures and outsiders? In regarding Kwanhyŏng's acts today as part of a struggle to get back on his feet, she no longer felt like laughing at him.

The guest came down and left. When Kwanhyŏng reappeared a while later, Kang happened to be in the office. "Wow, what's going on with him? Now he wants to take a bath."

Mugyŏng caught sight of Kwanhyŏng coming

층계에서 발자국 소리가 나고 어저께 왔던 양장한 여자가 커다란 물건 꾸러미를 들고 또 한 사람 운전사에게 이불 보퉁이 같은 짐을 들려 갖고 올라오고 있는 것이 무경이의 곁눈에 띄었다.

"아이 안녕하십니까. 늦어서 죄송합니다."

하고 문란주는 문지방에 서 있는 최무경이에게 인사하였으나 그들의 소 닭 보듯 하고 서 있는 엉거주춤한 몰골을 보고는,

"어째 이러십니까. 무어 말썽이 생겼습니까?"

무경이를 향해서는 유쾌한 웃음을 보내면서 일변 운전사의 손에서 보꾸러미를,

"영치기."

소리를 내어서 옮겨놓고 눈살을 찌푸리고 뚜우해서 서 있는 사내에겐,

"왜 이렇게 장승처럼 서 있수."

그러나 곧 무경이 쪽을 보면서,

"내 인제 곧 내려갈게요."

하고 말하였다.

무경이는 어떻게 또다시 이야기를 이어나갈 멋도 없고 부인네에게 지금 지낸 사연을 옮겨 들려주고 따져

down the staircase with a towel in his hand. He looked into the bathing area and then approached the office.

"I'm sorry to interrupt you again, but since the bank is already closed, I wonder if you could cash a check for me?" It was already half past three.

"Well, how much do you need? I don't have much cash here."

"The check is for one thousand *wŏn*. But you can give me whatever you have. Even a small portion of it."

"I can give you about two hundred *wŏn*."

"That should do."

He took out the check from his inside jacket pocket and handed it to her. The name "Yun Kap-su" was written on it. While waiting for Mugyŏng to open the safe, Kwanhyŏng noticed Kang and said, "Are you still upset with me?" He then laughed out loud for the first time. Embarrassed, Kang replied, "Of course not. Do I look like a man who would get upset over nothing?" He answered as if he had forgotten all his rancor, but he still slipped out of the office without saying a word. This made Mugyŏng smile.

"Here's two hundred *wŏn*. Please count the bills.

볼 맛도 없어서 그대로 멍청하니 서 있었고 또 이관형이라고 하는 방 안의 사내도 어떡하라는 것이냐고 따지는 것도 한낱 실없는 일이었다는 생각이 든 것처럼 시무룩해서 침대에 가서 벌떡 누워 버린다. 어이가 없어서 무경이는 그대로 문을 닫아주고 아래층으로 내려왔다. 사무실에 돌아오니까 강 영감은 보이지 않았다. 그는 마음이 불쾌하고 노엽다느니보다도 우스꽝스런 생각이 들어서 견딜 수가 없었다. 대체 어떻게 된 판국인지 저도 한몫 끼긴 하였으나 정신을 차릴 수가 없는 것 같다.

이관형이라는 사내는 어떠한 부류의 사람일까, 모양이나 차림은 그 지경이지만 물론 강 영감이 보는 바와 같은 인상만을 주는 사람은 아니었다. 그렇다고 대학 강사가 아닌 것도 확실하고, 그러면 문란주는 어째서 거짓 직업을 주워 부르면서 하필 대학 강사를 골라 대게 되었던 것일까. 회사원이래도 그만이요, 광산가래도 그만이요, 그 밖에 어떠한 직업으로 손쉽게 불러댈 것이 많은 중에서 하필 대학 강사이었던지 알 수 없는 일이었다.

문란주가 내려왔다. 그는 사무실로 들어오면서 대강

And I'll cash this check for you tomorrow. The Choson Industrial Bank, right?"

Kwanhyŏng put the money in his pocket. "Thank you." As he turned to go, he caught a reflection of his face in the long mirror hanging under the clock. He looked stunned. Oblivious to Mugyŏng's presence, he stared at his own face for a while and ran his hand over his stubble. Noticing that Mugyŏng was looking at him, he smiled broadly.

"Do you need a razor blade?"

He scratched his head. "It's okay," he said, shaking his head. But he kept gazing at his own reflection with a blank look of surprise.

"My razor should be somewhere here," said Mugyŏng. He turned to look at her. It was odd for a woman to lend her razor to a male stranger. While continuing to search for the razor, she excused herself by saying, "When I was moving in, I had too many things stuffed in my handbag. So I left the razor here somewhere... Oh, here it is! I don't know if it's sharp or not. But please take it. I don't need it any more."

Having thus procured a razor, Kwanhyŏng walked toward the bathing area, swinging a case of soap wrapped inside his towel. Mugyŏng watched him through the window until he disappeared.

한 사연은 들었는지,

"늦게 와서 미안합니다."

하고만 말하고는 상냥스레 웃어보였다. 오늘도 역시 화장은 짙게 이쁘장스럽게 하였다. 눈과 입술과 턱밑으로 자세히 보면 퍽 솜씨 있고 능숙한 화장이었다. 그는 그 이상 아무 말도 않고 핸드백을 열어서 지갑을 꺼냈다. 가느다란 흰 손가락 끝이 빨간 에나멜이어서 이상스레 연약하고 화사스런 인상을 주었다.

"보증금이 석 달 치니까 일백오 원이시죠! 그리군 일 개월분 방세가 삼십오 원, 일백사십 원이면 되겠지요?"

무경이는 별로 대꾸도 하지 않고 펜을 들어 서류를 꾸미고 돈을 세어서 금고에 넣었다. 그러고도 숙박기를 꺼내서 정식으로 이관형이의 이름을 기록하였다.

"직업은요?"

하고 새삼스럽게 물어놓고는 직업란 위에 펜대를 세운 채 가만히 기다려본다.

"글쎄, 직업이 생각해 보니 우습게 되었군요."

하고 머리 위에서 문란주가 말하였다. 시방 위층에서 그것 때문에 말썽이 있었던 것인지,

"실상인즉요, 얼마 전꺼정 대학에 강사루 있었는데 그

At about four o'clock, Mugyŏng went to visit her mother, leaving the office in Kang's charge. Her mother and Mr. Chŏng had bought a house in the upscale Aenggujang housing complex, near Changch'ungdan. They always received her warmly and treated her with genuine kindness. But after some lighter conversation, they invariably urged her to quit her job. Her mother thought that it was alright if Mugyŏng preferred to live a simple life in a one-bedroom apartment. But she could not understand why Mugyŏng wanted to keep her job, waiting on others when she had more than enough to live on. There was some sense to her mother's argument, and Mugyŏng even found herself agreeing at times. So every time the topic was brought up, she simply did her best to humor her mother with reassuring words. Today, though, mother and Mr. Chŏng went so far as to suggest that she should go study at a college in Japan, for a change of scenery.

Mugyŏng left early without having dinner, against her mother's wish. She pretended to have urgent business to take care of. Signs of spring were abundant in the outskirts of the city. She spent the sunset hours wandering through the streets, lost in her thoughts.

만 그 방면에서 실패를 하셨답니다. 그래서 어저께는 그냥 대학 강사라구 했었는데 그러니 지금이야 따져 말하자면 무직이지요. 당자두 무직이 좋다니까 그대루 무직이라구 적어두세요. 연령은 스물일곱 아니 작년에 스물일곱이었으니까 지금은 이십팔……."

3

독신용의 방이 서른여섯에 가족용의 두 칸씩 맞붙은 방이 스물다섯이나 되어서 백 명이 훨씬 넘는 식솔이 살고 있는 집이고 보니 들고나는 사람의 얼굴을 하나하나 따져서 기억해 둘 수도 없고 또 그 이상 그 사람들의 성품이나 생활 습속 같은 것에 대해서 눈여겨볼 겨를이나 흥미도 없으므로 일단 사람을 들여놓은 뒤에는 특별한 일이나 없으면 그다지 밀접한 교섭은 이루어지지 않았다. 하기야 무경이가 한집 안에서 자고 먹고 하였고 또 출입구가 있는 옆에 사무실이 있어서 손님들 측으로 보면 눈에 익은 존재였으나 무경이 편으로 보자면 한 달에 한 번씩 방세나 받고 난방비나 전등료나 급수료 같은 것이나 받아 치우면 규칙을 문란하게 하지 않는

Mother and Mr. Chŏng apparently took it for granted that things were at an end between her and Sihyŏng. Although they never mentioned it directly, it was implied in their suggestion that she study abroad. "Is it really a known fact that our relationship is over for good? Am I just being silly and stubborn to insist on keeping the apartment and the job, both of which I took on for him?"

Her spirits falling, Mugyŏng hailed a cab and returned to her apartment. Sitting in the middle of her empty apartment, she felt even more depressed.

For sometime now, she had been telling herself that she should no longer trust in his love. But even as she repeated this to herself, a voice in her heart continued to resist acknowledging the end of their relationship.

"This isn't how human affairs are meant to be. Or is it? Is this doubt the only thing that sustains me now?"

Mugyŏng shook her head and turned on the lamp. She busied herself cleaning the room, opening the window, dusting and mopping... After cleaning she felt a bit better. She went to the cafeteria and ordered a full-course dinner, something she hadn't done in a while. When she was almost finished with

이상 아무러한 교섭이나 간섭 같은 것을 가지게 될 리 만무하였다. 사무실 밖에서 상서롭지 못한 일로 무경이가 그들과 직접 대면하는 일은 거의 없어 그런 때마다 강 영감이나 주인 자신이 나서서 처리해 왔으므로 무경이는 복도에서 만나도 오래된 사람이 아니고는 그대로 인사조차 나누지 않고 지내는 사람이 많았다. 이관형이도 응당히 그러한 사람 중의 한 사람이 되었을 것임에 틀림이 없다.

그러나 며칠 동안 한집 옆방에 같이 지내면서 그의 낯을 다시 대해 본 적도 없었으나 어쩐지 그의 생각만은 이내 머리에서 떠나지 않았다. 들어오는 날부터 교섭이 이상해졌고 또 사람 된 품이 보통 평범한 사람이 아니라는 것도 이유가 되겠지만 하루 한두 번씩 그를 찾아오는 문란주를 주목해 보는 때마다 역시 이관형의 존재는 언제나 머리에 떠올랐다. 그래서 자기 방으로 돌아갈 때엔 대체 이 사람은 나의 옆방에서 하루 종일 무엇으로 소일을 하는고 하는 생각을 가지게 되곤 하였다.

대학 강사에서 실패한 사람. 그대로 대학 강사래도 모르겠는데 그것에서 실패하고 그리고 수염을 지저분하

her meal, Kwanhyŏng entered the cafeteria, looking rejuvenated and almost unrecognizable. At first he didn't notice her in the crowded cafeteria, but as he was looking around for a place to sit, he caught sight of her. His new suit was not all that impressive, but his face, still pale, looked like a marble sculpture. Shaving had made a striking difference. Now, under his soft curly hair, she could clearly see his gentle, intelligent face. It was a good thing she'd lent him a razor. She welcomed him to her table.

"Are you coming for dinner?"

"Yes, it's my first time here. Ah, I tried to return the razor to you, but since you weren't at the office, I left it in my room. Are you working at the office late tonight?" asked Kwanhyŏng.

"I live in the building. My apartment is right next to yours."

He looked surprised. "I never knew, though it's been a week..." He turned to the waiter behind him, "I'll have the same as hers." He then looked at her and smiled.

"So your apartment is twenty-three, twenty-four?"

"Twenty-three."

"That's why you had your razor here." He continued smiling. Mugyŏng was also glad that her dinner

게 기르고 여자의 가운을 걸치고 번듯이 침대에 누워서 담배만 피우고 빵조각이나 씹다가는 머리맡에 팽개쳐 두고…… 이런 것이 가끔 이상하고도 우스꽝스러워서 무료할 때마다 때때로 머리에 떠오르곤 하는 것이다. 그런데 또 강 영감은 강 영감대로 문란주가 나타나는 것만 보면 으레,

"양복점 주인 아씨가 또 오셨군, 대학교 선생 심방하러."

하고 말하곤 하여서 무경이는 책상에 머리를 묻고 사무에 열중하다가도 그들의 관계로 생각이 미치게 되었다.

"영감님은 그 여자완 기 쓰구 해봅니다그려."

하고 웃는 말로 하면,

"흥."

하고 코방귀를 뀐 뒤엔,

"무어 그럴 일도 없지만 난 그 부인네와 사내의 관계가 이상스러워서 그러지 않나. 친척이라든가 그런 관계는 아니여, 내 눈은 속이지 못하지. 대학교 선생이라구 뻐기면서두 내 눈이야 어디 속였나."

무경이의 대답이 없어도 입 안으로,

"심상하잖어! 내 눈이야 속이나."

was ending with such a pleasant conversation.

"I should excuse myself." She left the table before Kwanhyŏng's meal arrived. Back in her room, she washed her teacups and put the kettle on the stove. She was thinking that she should calm down and read a book. As the water began to boil, she made a cup of black tea for herself. At that moment there was a knock at the door. It was Kwanhyŏng.

"I brought you your razor. I was afraid I was knocking on the wrong door..."

"You could've just kept it. Anyway, why don't you step in for a second? I was just making tea. Please have a cup. I have some leftover Lipton. Though my room is small and shabby..."

Kwanhyŏng hesitated at the door. "You keep your room so clean. People like me are simply incapable of living on our own in an apartment."

With the bed and kitchen sink hidden behind heavy curtains, Mugyŏng's room offered little in the way of feminine refinements.

"Then may I? It's been a long time since I had tea... Thank you very much." He came in, closing the door behind him. Mugyŏng offered him a seat on the sofa, put on an apron, and began preparing the tea.

그렇게 중얼거리면서 보일러칸으로 내려가는 것이다. 그래서는 무경이도 영감이 이끄는 대로 문란주와 이관형이의 관계로 생각을 달리게 되는 수가 있었는데 남들의 남녀관계에 젊은 여자가 무슨 참견이냐고 낯을 붉히면서도 가끔 그러한 것을 천착해 보고 앉았는 저 자신을 발견해 보게 되는 것이었다.

이관형이가 이 집으로 이사를 온 지 엿새째 되는 날이었다. 여느 날처럼 출근 시간에 사무실로 내려가니까 그와 교대해서 저희 집으로 가는 강 영감이,

"거 이상허지. 하루에 한두 번씩은 꼭 오군 허는 그 양복점 아씨께서 어제는 결근을 허셨어. 밤에나 올런가 했더니 거 웬 셈일까."

하고 혼자말처럼 중얼거렸다. 무경이는 그저,

"그래요."

하고만 대답하고 그러한 이야기에 깊이 생각을 묻지는 않았다. 그런데 오정이 넘고 한 시가 되었을 때였다. 사무실 안에서 별로 할 것도 없고 하여 잡지를 들고 앉았는데 이 집에 이사 온 지 처음으로 이관형이라는 그 사내가 휘우청휘우청 층계를 내려오고 있었다. 머리와 낯바닥은 그대로였으나 옷은 양복뿐으로 물론 여자의 가

"Wow, you're very studious."

Kwanhyŏng looked at the bookshelf behind the sofa as well as the stacks of books next to it. Mugyŏng had quite a collection, as she kept Sihyŏng's book in addition to her own.

"I only pretend to read them."

"Aren't these all philosophy books?" Kwanhyŏng looked genuinely surprised.

She placed the teacup in front of him, yet he kept looking at her in admiration.

"Don't, please. You're embarrassing me." Still, it felt good to be praised for being studious.

"Please drink your tea before it gets cold."

Kwanhyŏng continued to sit with the same expression on his face. Finally he took the cup to his lips. Mugyŏng sat across from him and sipped her tea, too.

"So, what did you teach at the university?"

"Me?" he put down the cup. "Didn't I say that was a lie?" A smile flickered on his lips.

"You're teasing me," replied Mugyŏng, remembering the incident, "though it's true I was rude to you, despite myself."

"I don't know about teaching at the university. I just lectured a bit on English literature."

운 같은 것은 둘렀을 리 만무하였다. 무경이는 잡지를 든 채 그의 거동을 눈여겨보았다. 그는 층계를 내려오더니 우선 복도를 한번 쭉 살펴본다. 아래층은 절반 이상이 식당과 당구장과 목욕탕이 되어 있으므로 그런 것을 패쪽15)을 따라서 하나하나 살펴보는 것이었다. 그러고는 흥미가 있는지 느린 다리를 이끌며 패쪽 밑으로 가서 기웃기웃 방 안의 설비 같은 것을 엿보듯 하더니 다시 제 방으로 올라갔다. 한참 만에 그는 편지 봉투를 하나 들고 내려와서 이번에는 곧바로 사무실로 들어왔다.

그는 문 안에서 꺼뜩 머리를 수그리었다. 무경이도 자리에서 일어나서 인사를 받았다.

"전화 좀 빌려 주십시오."

무경이는 아무 말 않고 전화통을 옮겨주었다. 그는 다시 전화번호 책을 찾아서 뒤적거리더니,

"여기서 가까이 대두구 쓰는 용달사16)가 없습니까?" 하고 묻는다.

"있습니다."

그러고는 번호를 가르쳐준 대로 번호를 부르고 메신저 하나만 보내 달라고 말하였다. 전화를 끊고는 메신

"Is that your subject?"

"Yes, a shallower discipline than your philoso-phy."

"Not at all. You're mistaken if you think I'm a seri-ous philosopher. Most of those books aren't mine. Though as it happens, I do read a few pages in the odd book here and there."

Kwanhyŏng turned to browse the books again. "Nietzsche, Kierkegaard, Bergson, Durkheim, Dil-they, Heidegger, Pegis, Ortega, Sim-mel, Schmitt, Rosenzweig, Troeltsch, Dewey..."[1] He read aloud the names of the authors.

"Wow, all the great names are here, shining like a constellation of stars. All these giants trying to save Europe by upholding its noble, universal spirit..."

He took another sip of tea. "From now on I should read them too..." He said this in a reflective tone of voice, as if ashamed of his dissolute life.

Mugyŏng was blushing herself. Although she had shelved the books neatly in order, she could not say that she knew who these stars of Europe were. She felt ashamed in front of the young scholar, who was mistaking her for a mature intellectual. Sihyŏng...he told her that these philosophers and thinkers had been his salvation. But those same stars had also

저가 오는 동안 제 방에 올라가 있을 것인가 여기서 기다릴 것인가를 망설이는 듯이 잠깐 주춤하고 서 있다.

"여기 앉으시오, 곧 올 겁니다. 그리구 전화는 삼층에 두 하나 설비해 놓았으니까 스위치를 돌리시구 인제부터 거기서 이용하시지요."

"아, 네에, 그렇습니까. 미처 몰랐습니다."

이관형이는 의자에 앉았다. 무경이는 사내와 낯을 마주 대하고 앉았기가 면구스러워서 잡지에 눈을 묻었으나,

"거 어째 이발소가 없습니까?"

하고 사내가 물어서 그는 얼굴을 들었다. 그러고는 사내의 시선과 부딪쳐서 이상스럽게 웃음이 나오려고 하는 것을 참았다. 인제 이발할 생각이 나는 게로군 하고 생각해 보니 웃음이 나왔던 것이다.

"이발소는 처음에 시작했으나 요 바루 맞은편에 오래된 이발소가 있어서 도무지 영업이 되질 않았답니다. 이 집 사람들만 가지구야 영업이 성립되겠어요. 일백이삼십 명 된다구 허지만 그중엔 부인네두 많구 한 사람이 두 번씩 깎는다 쳐두 한 달에 오륙십 원 수입밖에 더 되겠어요. 이발사 한 사람을 채용해두 수지가 맞들 않

taken him away from her.

Mugyŏng lifted her eyes, "Sir, may I ask you a question?"

"What is it? I don't know anything about philosophy." But Kwan-hyong's modesty did not discourage Mugyŏng.

"Do you have any idea what Oriental Studies is?"

Why did the issue of Oriental Studies plunge Sihyŏng into self-doubt? What was it about Oriental Studies that made Sihyŏng ignore and abuse Mugyŏng despite everything they had shared together? To Mugyŏng, this enigmatic academic subject was closely intertwined with the question of love, and it seemed to hold the key to the leading mystery in her life. Men have their own world. From the day that Sihyŏng left for Pyongyang, Mugyŏng had no longer been sure whether she understood him. For that matter, neither was she sure about Kwanhyŏng. Now he looked like a decent, cultured intellectual. But this same man also maintained a suspicious relationship with an older woman, and he wallowed in a slothful, disorderly life.

Kwanhyŏng at first thought little of Mugyŏng's question, but sensing how serious she was, he grew increasingly reflective in his reply.

습니다. 그래 가까운 데 이발소두 있고 해서 폐지를 했답니다."

"하하아 그렇겠군요."

이관형이는 감탄하는 듯이 목을 주억거렸다.

"그 이발소 자리는 오락장이 되었지요, 바로 목욕탕 옆방."

"예에."

그러고 있는데 메신저가 들어와서 이관형이는 편지를 그에게 맡겼다.

"이 윤선생이 안 계시다면 아무한테두 보이지 말구 그대루 갖구 돌아와."

하고 타일렀다.

"돌아오건 좀 제 방으루 보내 주십시오."

부탁하고 이관형이는 위층으로 올라갔다. 한 사십 분 걸려서 메신저가 돌아왔다. 윤아무개한테 편지를 전한 모양이었다. 그러고 또다시 한 삼십 분 지난 뒤에 둥실둥실하게 생긴 멀끔하고 정력적인 젊은 신사가 아파트를 찾아와서 이관형이를 물었다. 무경이는 그에게 방을 가르쳐 주면서 이 사람이 아까 용달을 보냈던 윤아무개가 아닌가 하고 생각하였다.

"I can answer your question only in a common sense way, since this all lies beyond my expertise. I may well misinterpret something or stumble over some abstraction... But in my opinion, at least, Oriental Studies can be divided into two kinds, the study of the Orient by Westerners and the effort by Orientals to redefine the Orient in their own terms. Either way, it's difficult to approach Oriental Studies as a purely autonomous academic field. If Oriental Studies were just a field where Westerners apply their own methods to the Orient, then 'Oriental' would be nothing more than a geographical label. There wouldn't be any problem in this. But as for establishing Oriental Studies on our own, as Orientals, if you think hard about it, there are many problems. For instance, most of us do our studies by using concepts imported from Europe. Almost everybody with a college education has learned European methods and can't study the Orient without them. If we were to do so, we would need to rely on concepts of our own invention. Maybe because I majored in English literature, I don't think there's much I know that doesn't somehow involve European methods, whether in social science, natural science, philosophy, or psychology. That's why

인제 오래인 잠을 깨어나서 차차 움직이기 시작하는구나 하고 생각해 보면 어쩐지 이관형이의 거동이 탈피 작용(脫皮作用)을 하고 있는 동물처럼 생각되어 웃음이 났다. 그러나저러나 대학 강사가 되었다가 실패하곤 저런 판국을 경험하게 되는 것인가 하고 생각하면 어떤 엄숙한 인생의 문제에 부딪히는 것 같아서 마음이 적지 않이 침울해졌다. 그럴 때마다 그는 오시형이를 생각해 보게 되었다. 사내들이란 어떤 커다란 문제 앞에 서면 저렇게 평상되지 않은 행동을 가지게 되는지도 모른다. 그러다가 아주 그러한 구렁텅이에 굴러 떨어져 버리면 타락자가 되고 낙오자가 되어버리고 마는 것일까. 이관형이의 오늘 행동이 그러한 구렁텅이로부터 정상된 생활 상태로 복귀하려는 사람의 몸부림 같아서 그는 지금 아까와 같이 웃음이 떠오르지도 않는 것이다.

얼마 해서 윤아무개는 나갔다. 한참 뒤에 이관형이가 다시금 층계 위에 나타난 것은 그때에 마침 강 영감이 사무실에 있어서,

"어유 저 사람이 어떻게 된 셈인가, 목욕할 생각을 다 내구."

참말 밖을 내다보니까 이관형이는 수건을 들고 복도

108

great philosophers like Nishida draw on Western ideas even in striving to create a purely Japanese philosophy. In Korea, too, some people talk about creating a 'pure Korean philosophy.' I have sympathy for them, but this is a name with no real substance. Some people are now trying to study the ideas of Korean philosophers, such as Yulgok. But done like this, Oriental Studies becomes nothing but a confused and irrelevant undertaking."

"But isn't there something significant in Westerners' wanting to study the Orient? Like the decline of the West, or the discovery of Oriental cultural values?"

"I see what you're saying. There are people who would say so, and of course they're not entirely wrong. All these stellar authors whose books you have on your shelf have been talking for a long time about the decline of the European spirit and the crisis of Western civilization. And they have often 'discovered' the East in searching for ways to revitalize Europe. But they have never really believed that the path to salvation lies in the East. On the contrary, they are deeply convinced that the world can be saved only through the European spirit. This way of thinking is rather natural for Eu-

에 내려서고 있었다. 잠시 목욕간을 넘겨다 보고는 이 편 쪽으로 낯을 돌리고 사무실로 들어온다.

"이거 자주 들러서 사무 보시는 데 죄송합니다. 미안 하지만 은행 시간이 넘었구 해서 말씀 여쭙는데 소절수[17] 한 장 바꾸어주실 수 없을까요?"

시계는 세 시 반이 넘었었다.

"글쎄, 얼마나 쓰시려는지요. 돈이 많지는 못한데."

"천 원짜리지만 우선 있는 대루 돌려주시지요. 적어두 좋습니다."

"한 이백 원."

"네, 그게문 충분합니다."

그는 양복 안주머니에서 소절수 한 장을 꺼내서 무경 이에게 넘겼다. 윤갑수라는 사람의 소절수였다. 무경이 가 금고를 여는 동안 이관형이는 무료히 서 있다가, 문 득 강 영감을 발견하고,

"일전 일루 영감께선 여태 노하셨습니까?"

하고 처음으로 소리를 내어 껄껄 웃었다. 강 영감은 관 형이가 웃는 바람에 적지 않이 겸연쩍어져서,

"온 천만에 말씀을, 고만 일에 노헐 나입니까."

하고 제법 여태까지의 일은 잊어버린 듯이 대답하였으

ropeans and offensive for us, but their so-called discovery of the East is nothing more than that. When a Western scholar visits an Asian country, he doesn't admire any of the modern buildings in its cities. Rather, he sees only ancient landmarks, antiques. An Asian scholar who takes a Westerner on a guided tour soon finds that his guest is merely entertained at what he sees. That is, his being impressed doesn't mean that he finds in our relics the salvation of the West. We need to keep this in mind."

Mugyŏng quietly listened throughout. Then she asked another question, this time paraphrased from what Sihyŏng had written her.

"What do you think, then, about the idea that we should leave behind a single, West-oriented notion of history and replace it with multiple histories of the modern world?" She spoke slowly, fumbling for academic idioms unfamiliar to her.

"You mean the argument that Asia has its own version of world history? That is to say, India has its own history, so does China, and so does Japan... We should abandon Western period markers such as the ancient, the medieval, and the modern, and instead look at our history as it is. And we should abandon the West in favor of our own unique cul-

나 그래도 그다지 마땅하지는 못한 것인지 슬며시 문을 열고 복도로 빠져나갔다.

그것을 보고는 무경이도 함께 미소를 입술 가에 그려 보았다.

"이백 원이올시다. 세어보십시오. 그럼 이 소절수는 맡아두었다가 내일 찾아다 드리지요. 식산은행이시죠?"

관형이는 돈을 받아서 넣으며,

"고맙습니다."

그리곤 획 낯을 돌리다가 시계 밑에 붙여놓은 길쯤한 거울 속에 비친 제 얼굴에 놀란 듯이 여자가 옆에 있는 것도 불구하고 잠시 그것을 들여다보고 있었다. 그는 손으로 터거리를 한번 쓱 쓸어본다. 그러고는 무경이를 곁눈질하고 씨익하니 웃었다.

"면도를 빌려 드릴까요?"

그러니까 사내는 머리를 긁적긁적 긁으며,

"에이 뭐 면도는요."

하고 데석[18]을 썰레썰레 털었다. 그러나 잠시 더 멍청하니 서서 거울을 바라보다가,

"제 면도가 아마 여기 있을 거예요."

112

ture. Well, these are all worthy ideas for an Asian to think about. But we must remember one thing— that the concept of Asia never had such unity as that of Europe or the West. The crisis of the European spirit, the decline of the West, implies the collapse of a certain common spirit. After all, Europe experienced the middle ages. Don't they say that the decline of Europe is due to the loss of its unifying spirit, which originated in the middle ages? But they must still trust their common spiritual tradition to believe in the possibility of another renaissance. If you compare just spiritual values, Buddhism and Confucianism may well be superior to Christianity. But though they both prospered in Korea, neither can offer a spiritual basis for a unique Korean thought or cultural tradition, since they are from India and China. This, though, is a fault of our ancestors, not of Buddhism or Confucianism per se."

Kwanhyŏng left no room for Mugyŏng to insist otherwise. She felt that she could almost understand why he was living such an unhealthy life. It was a tragedy that an Asian should devalue Asia as much as he did. Mugyŏng briefly thought about Sihyŏng's letter. Did he have this sort of thing in

그러니까 힐끗 무경이를 본다. 남의 남자에게 면도를 빌려준다는 것도 생각해 보면 수상쩍은 일이어서 나직이 변명하듯이 서랍에서 면도를 찾으며 중얼거린다.

"이사 올 때 잊었다가 핸드백에 넣었더니 배가 불러서 꺼내 두었었는데…… 여기 있습니다. 잘 들는지 모르지만 써보시지요. 전 통히 쓰지 않습니다."

그래서 이관형이는 면도를 얻어 들고 비눗곽을 타월로 잘라 맨 것을 디룽궁디룽궁 휘저으며, 욕탕 있는 데로 갔다. 그 뒷모양이 우스워서 무경이는 욕탕 안으로 사라질 때까지 그것을 창문 너머로 바라보고 있었다.

네 시가 가까워서 사무실은 강 영감에게 맡겨놓고 무경이는 다녀온 지도 얼마 되고 하여 어머니한테로 갔다. 어머니와 정일수 씨는 장충단 이편 앵구장이라는 주택지에 살고 있었다. 가면 언제나 반가워하고 쓰다듬어 줄 듯이 고맙게 친절히 해주었으나 한 시간쯤 앉았노라면 으레 인제 아파트의 사무원은 그만두는 게 어떠냐는 권면(勸勉)이 퉁겨나오곤 하였다. 먹을 것이 없니 입을 것이 없니 방 한 칸을 빌려 갖고 사는 건 살림이 간편해서 네 말마따나 좋을는지 모른다 처도 무엇 때문에 남에게 구속받는 생활을 하면서 뭇사람의 시중을 드

mind when he criticized today's intellectuals for their habit of preoccupying themselves with negative criticism? What is needed today, he had written, is creation, not criticism.

Breaking his silence, Kwanhyŏng took out a cigarette from his pocket, "Excuse me for smoking."

He lit the cigarette with a match and inhaled deeply. "There's a saying I've recently become fond of. It's from a painter named Van Gogh."

He took another puff. "Human life is like barley. If you are not sown in the earth to germinate there, what does it matter? In the end you are milled to become bread. You should instead pity those who are not milled straightaway. What do you think of this saying?"

Then he slowly recited the entire saying again. Mugyŏng also repeated his words in silence. She then asked, "What about it? So you mean it's better to be ground into bread than to be sown in the earth? Or that one may be planted and turn into many ears of barley, but that the ears of barley are destined to become bread all the same?"

Kwanhyŏng smiled. "The interpretation is up to us. A good saying can be interpreted many ways."

"Then, I'll interpret it this way. Since I'll eventually

느냐 하는 것이 언제나 판에 박은 듯이 나오는 어머니의 말이었다. 어머니나 정일수 씨가 그렇게 생각하는 것도 무리는 아니었고 무경이 자신조차도 그러한 생각을 먹어볼 때가 있으므로 그런 말이 나올 때마다 그는 그저 좋은 말로 어루만져 두는 것이었으나 오늘은 기어이 속시원히 동경 같은 데루 학교나 가보는 것이 어떠냐는 말까지 나오고야 말았다.

무경이는 저녁도 얻어먹지 않고 붙잡는 어머니를 바쁜 일이 있다는 핑계를 대서 뿌리쳐 버리고 앵구장을 나섰다. 교외에 나가보면 봄이 한 걸음 한 걸음 닥쳐오는 것이 눈에 띄었다. 그는 해질 무렵의 거리를 걸으면서 생각에 잠긴다.

어머니와 아버지는 오시형이와 자기와의 관계가 이미 파탄이 나버린 지 오래다고 생각하고 있는 것이 분명하였다. 입 밖에 내지는 않았으나 속시원히 공부나 더 해보라는 권면 뒤에는 벌써 그러한 눈치가 숨겨져 있는 것을 알 수 있었다. 사실 오시형이와 나와의 관계는 남들이 생각하듯이 완전히 끝이 나버린 것일까, 시형이가 들었던 방과 시형이를 위하여 얻었던 직업을 이렇게 놓아주지 않고 있는 것은 남들이 보듯이 쓸데없는

become bread anyway, why not first be sown in the earth and let my flower bloom? Isn't that better than being milled prematurely?"

Still smiling, Kwanhyŏng said, "The saying comes from a nihilistic moment in which Europe is reaching a dead end. What good is it to study philosophy when Europe is in decline—this is how Heidegger would interpret it. I like your interpretation because it's wholesome, optimistic, and forward-looking."

"You failed at the university because you entertain such ideas."

"Or rather, the truth is that I've come to entertain such ideas because I failed at the university."

"You're having these thoughts because you majored in English literature, but now Britain, its home, the origin of liberalism and individualism, is on the brink of ruin."

Kwanhyŏng put out his cigarette. "It's not really like that. I failed at the university because I wasn't liberal enough, and my spiritual home is not Britain at all. We're all Orientals. It'd be truly a wonder if we could acquire an English sensibility after just a few years of college. The problem is rather the opposite, that we've acquired only a smattering of knowledge about European culture. But let me tell

고집에 불과한 것은 아닌 것일까.

맥이 풀려서 그는 지나가는 자동차를 잡아타고 아파트로 돌아왔다. 돌아와서 빈방 안에 앉아보아도 마음은 그대로 침울하였다.

시형이의 애정을 인제는 믿지 않는다고 제 마음에 타일러 온 것은 벌써부터의 일이었다. 그러나 그렇게 스스로 타이르고 뇌보고 하는 것을 지금 새삼스럽게 인정하려 들면 역시 마음은 어느 귀퉁이에선가 도리질을 계속하는 것이다.

사람의 일이 설마 그럴 수야 있을까. 설마 그럴 수야. 이 설마에 매달려서 그것을 생활의 유일한 기둥으로 나는 생각하고 있는 것이나 아닐까.

그는 머리를 털고 일어나서 전등을 켰다. 열심히 방을 정돈하였다. 문을 열어 젖히고 활짝 먼지를 털고 걸레를 치고…… 그러면 가슴이 좀 후련해졌다. 그는 식당으로 가서 오래간만에 정식을 먹었다. 거의 다 먹었는데 이관형이가 아주 딴판인 모습으로 식당엘 들어오고 있는 것이 보였다. 손님이 더러 있어서 그는 이내 무경이를 발견하지는 못하였으나 식당 안에 들어와 본 것이 처음인지 방 안을 한번 휘둘러 살피다가 무경이가 밥을

you my story. By the way, before we do that, why don't we learn each others' names? I'm Yi Kwanhyŏng."

Mugyŏng also told him her name. They smiled at each other.

"So this is the secret of my life... I told you before that Western travelers to the East do not appreciate our Western-style buildings or culture, but rather frown on them, as if they were poor counterfeits. My family is like a Western-style building. My father is a well-known trading merchant in Seoul. He is a so-called bourgeois. All three of his children received a modern education. I studied English literature, my sister graduated from a music school, and my younger brother is finishing his degree program in German literature this spring. We all studied the best of Western civilization. My family is an advanced, flourishing bourgeois family. In this sense, we're an exemplary family. But then..."

He paused, as if for breath, but there was a shadow of gloom in his eyes.

"If we compare my family to Korea in the modern age, we can understand better the class to which families like mine belong. Let's say that it's been seventy years since the advent of the modern age. We started to import the fruits of Europe's Enlight-

먹고 앉았는 것을 발견하였다. 옷은 별것이 아니었으나 면도를 하고 안 하는 데 사내의 얼굴이란 저렇게 달라지는 것인지 불빛 밑이라 낯빛은 의연히 창백했으나 그럴수록 부드럽게 감아서 말린 머리카락 밑에 백석(白皙)[19]이란 형용이 들어맞을 온후하면서도 날카로운 얼굴 모습이 뚜렷하게 드러나 보이는 것이었다. 면도를 빌려주기 잘했다고 생각하면서 밥 먹던 손을 놓고 그가 가까이 오는 것을 맞아주듯 하였다.

"진지 잡수러 오십니까?"

"네, 처음으로 식당을 좀 이용해 보려고요. 참 면도는 선생님이 안 계셔서 제 방에 가져다 두었는데 선생님께선 오늘 늦게까지 사무 보십니까?"

이관형이는 옆의 테이블에 앉으며 말을 건네었다.

"저두 이 집에서 기거합니다. 바로 선생님 옆방인걸요."

그걸 여태 몰랐다는 듯이 사내는 '네에' 하고 놀라면서,

"그런 걸 모르구 일주일 가까이 지냈으니……."

따라온 보이에겐,

"나도 저 선생님이 잡숫는 걸루 갖다주게."

120

enment at a time when Europeans were already lamenting the decline of the spirit of Enlightenment. What we embraced as new and fresh had already become stale in its homeland. Already, then, Europeans had grown dubious of their own cultural values. They were skeptical of even the very concept of progress. So we embraced an old, outdated foreign culture, mistaking it for something new and fresh. When we realized that Europe was in crisis, it was already too late. We haven't even digested what we imported, but Europe had already reached a dead end over two world wars. I've studied English literature, but the more I try to understand Europeans, the more I bump into the walls of their claustrophobic mental world. My father, a businessman, is cursed to have a son like me. Since he is a trade merchant, he'll lose his business when the government puts a total block on free trade. So far he's been able to use his business sense to capitalize on the current state of affairs. We all dine on Western meals upstairs, then eat *kimchi* downstairs. We've lived long enough like this that we're now all experiencing fatigue and a certain ennui. My family is sure to head downhill in the near future. My sister studied music, but it's been a long time since she

하고 일러놓곤 무경이의 시선과 마주쳐서 허허어 하고
웃었다.

"그러시면 이십삼 호든가 사 호든가!"

"네, 이십삼 호요."

"그래서 면도가 다 있으셨군그래."

그러고는 또 웃어보였다. 식사 끝이 화려한 것 같아서
무경이는 유쾌하였다.

"전 그럼 먼저 실례하겠습니다."

하고 관형이의 시킨 것이 오기 전에 그는 자리를 떴다.
방으로 돌아와서 찻잔을 부시고 가스에 물을 끓였다.
불을 밝히고 마음을 가라앉히어 책이나 읽으리라 생각
하는 것이다. 한참 만에 주전자의 물이 끓어서 그는 잔
을 내어놓고 홍차를 만들었다. 그러고 있는데 노크 소
리가 났다. 문을 여니까 이관형이었다.

"면도 가져왔습니다. 난 또 남의 방에 잘못 들어오진
않나 하구서……."

"그대루 두시구 쓰실 걸 그랬지요. 그러나저러나 좀
들어오세요. 지금 막 홍차를 만들던 중입니다. 들어오
셔서 한잔 잡수세요. 립톤이 좀 남은 게 있어서, 자아 방
은 누추하고 좁지만"

devoted much attention to it. My brother has long grown tired of the academy, of study itself. I had a brother-in-law who was a pilot. But this crisp, courageous young man passed away a while ago, when his airplane crashed into a cliff during an emergency landing. He was lost flying home in a fog around Ulsan."

"Was this the accident that was mentioned in the newspaper?"

"Probably. In any event, this is the environment I'm living in. And for about a year now, I've been surrounded with good-for-nothings. That woman Ranju is one of them. When I met her by chance a year ago, I regarded her as a symbol of decadence. She'd be angry if she heard me now, and maybe I have the wrong impression. But whenever I see her, I can't help feeling she's the epitome of decadence and unwholesomeness. So I've been avoiding her as much as I can. And the gentleman who visited today and left the check, he's my uncle. He's still a youthful man, well-built, energetic, and well-off. He has only one ambition, to conquer women. He proudly claims to hold the record in that field. There's also a banker named Paek Inyong. He is cunning, but his slyness has driven him into bank-

관형이는 문지방에서 잠시 머뭇머뭇하였으나,

"방을 아주 깨끗이 정돈하셨군요. 이렇게 청결해야만 되는 건데 우리 같은 사람은 도시 이런 아파트 생활에 부적당합니다."

침대가 있는 데와 취사상이 있는 데는 모두 두터운 커튼을 쳐서 여자의 방 같은 화사한 색채는 그다지 눈에 띄지 않았다.

"그럼 한잔 얻어먹을까. 오래간만에…… 이거 너무 실례가 많습니다."

그러고는 문을 닫고 방 안으로 들어섰다. 응접 의자로 안내하고는 조그만 앞치마를 스웨터 위에다 두르고 무경이는 홍차를 만들었다.

"선생님 공부하십니다그려."

하고 놀란 듯이 뒤에 놓은 서가와 그 옆으로 쌓아놓은 많은 서적을 굽어본다. 무경이의 것 외에 오시형이가 미결감에서 보던 것이 대부분 그대로 있어서 서적은 의외로 많았다.

"그저 허는 시늉이나 합니다."

"아니 거 대부분이 철학이 아닙니까."

그는 참말로 놀라는 표정을 지어보였다. 차를 가져다

ruptcy. His concubine is Ranju's friend... For some time I kept my distance from these people. But then, one day, I got into trouble with my department at the university.[2] I got dead drunk that night. When I woke up, I found myself lying in a bedroom in Ranju's house. According to her, she saw me staggering in the street as she left Meiji House, where she'd had a drink herself. I stayed at her house for several days. I had no energy and didn't want to lift a finger. Still, I sent home a postcard, saying that I was going on a trip. I didn't want to go back home. But before long, I grew tired of staying at Ranju's, too. So I came here. And as soon as I arrived, I fought with the old man and you..."

"I see," Mugyŏng nodded to Kwanhyŏng. She got up to turn on the stove.

"It seems that I can't even lose myself in a dissolute life. Perhaps I'm the ear of barley that remains hidden in the earth, rather than being ground into bread. Though it may be more tragic that way."

The water simmered and began to boil.

"To tell you the truth, I have a secret, too, though it's different from yours." She felt like confessing her secret since he'd confessed his.

"Of course you do. Nowadays there're few young

앞에 놓아도 무경이의 얼굴만 감탄하는 낯으로 뻐언히 쳐다보고 있었다.

"너무 그러시지 마세요. 부끄럽습니다."

그러나 열심히 공부한다는 칭찬을 받는 것은 그다지 불쾌한 일은 아니었다.

"어서 식기 전에 차 드세요."

관형이는 깊이 감동된 듯한 얼굴로 가만히 앉았었으나 이윽고 차를 들어서 맛보듯이 입술로 가져갔다. 무경이도 마주앉아서 차를 들었다.

"선생님은 대학에서 무엇을 가르치셨에요?"

"나요?"

그러고는 찻종을 놓았다.

"일전에 대학 강사라구 사칭했던 건 취소하지 않았습니까."

그러나 입술은 빙그레 웃고 있었다.

"그렇게 놀리시지 마십시오. 그때엔 사정이 그렇게 되어서 실례를 했었지만."

무경이도 그때의 일을 회상하면서 그렇게 말했다.

"가르쳤달 것까진 없지만 영어를 좀 강의했습니다."

"그럼 영문학이 전공이세요?"

people who don't have some kind of secret." Yet Kwanhyŏng seemed uninterested in hearing hers. Mugyŏng made him another cup of black tea. He drank it down at once.

"I'm sorry for having stayed so long. Did I interrupt your work?" He stood up from his seat and said, "Good night now." Before leaving the room, Kwanhyŏng took out a little bottle of pills, which he dangled in front of her.

"I cure my insomnia with this," he laughed cynically. After he left, Mugyŏng opened a book, but she couldn't concentrate. She went to bed, but she couldn't sleep, either.

That night, Mugyŏng fell asleep late. The next morning she woke up early as usual, but she didn't feel like getting up. She thought about Kwanhyŏng's words last night. Human life is like barley! Having learned his story, she could understand him better, regardless of whether or not she agreed with him. Was Sihyŏng also having such thoughts now? Had he also lost himself to such a bleak worldview? His mental life, hardly any simpler than Kwanhyŏng's, might well have been more complicated. More than ever, she wanted to see him. She wanted to listen

"네, 선생님의 철학으루 보면 아주 옅은 학문이올시다."

"온 천만에, 제가 또 철학이니 무어 벤벤히 공부헌 줄 아시구 그러세요. 저 책두 대부분이 제 것이 아니랍니다. 어찌어찌 그렇게 될 사정이 있어서 요즘 좀 뒤적거려 보지만."

관형이는 다시 서가 있는 쪽을 돌아다본다.

"니체, 키에르케고르, 베르그송, 뒤르켕, 딜타이, 하이데거, 세렐, 페기, 오르테가, 짐멜, 슈미트, 로젠베르크, 트레루치, 듀이……."

그렇게 책 이름의 밑을 따라가며 입 속으로 중얼중얼하다가,

"어유우 이거 머 굉장한 거물들이 아주 뭇별처럼 찬연히 빛나고 있습니다그려. 모두 세계 정신을 제가끔 떠받들고 구라파를 구해 보겠다는……."

그러고는 낯을 돌려 찻잔을 다시 들면서,

"나두 인제 저 사람들을 좀 공부해야지……."

저의 여태껏의 생활이 엉망이었던 것을 부끄러워하는 낯으로 가만히 그렇게 뇌었다. 그러나 무경이는 어쩐지 낯이 간지러웠다. 책은 쪼르르니 꽂아 놓았지만

to all his secrets. Where was he now?

Her wish was soon realized. Sihyŏng came to Seoul.

It was not yet breakfast time. Mugyŏng was wanted on the phone. The caller was Sihyŏng's lawyer. He was asking her where Sihyŏng was staying, since he must be in Seoul by now for his trial. She felt embarrassed. She was ashamed to acknowledge her ignorance, but there was no other way to answer his question.

The lawyer hung up, saying that he had something urgent to discuss with him before the trial that afternoon. "This afternoon? Why didn't Sihyŏng let me know in advance? If he's in Seoul, why hasn't he called me from his hotel? Why hasn't he come to see me?"

Mugyŏng skipped breakfast. She went to the office but then decided to take the day off, claiming a headache as an excuse. She had to go to the courthouse. The trial must have been going on for a while. Regardless, she rushed to the courthouse. She asked a court clerk where the trial was taking place. The proceeding was already well underway. There were some people in the corridors, but she didn't take any notice of them. In front of six seated defendants stood a man in an army-style uniform

저는 아직 그 뭇별처럼 빛나는 구라파의 사상가들이 무엇을 하는 사람인 것도 알고 있달 자신이 없었다. 자기를 무슨 큰 공부꾼이나 되듯이 착각하고 있는 젊은 학자를 눈앞에 앉혀놓고 그는 난데없는 부끄러움을 맛보고 있다. 그럴수록 오시형이의 생각이 난다. 그이에게 구원을 준 사람은 그의 말에 의하면 저 철학자와 사상가들이라 한다. 하긴 저 사람들은 오시형이의 애정까지도 무경이에게서 빼앗아 갔지만.

그런 것을 마음속으로 생각해 보다가 무경이는 낯을 들었다.

"선생님, 제가 하나 여쭈어 볼 말씀이 있습니다."

"무어 말입니까? 저는 그런 방면은 아무것도 모릅니다."

무경이는 그러한 사내의 겸사의 말엔 귀도 기울이지 않고 열심스러운 태도로 물어 본다.

"동양학이라는 학문이 성립될 수 있을까요?"

동양학은 어떻게 해서 오시형이를 저토록 고민 속에 파묻히게 만드는 것일까, 동양학으로 가는 길이 무엇이관데 그것은 오시형이와 최무경이의 관계를 이토록 유린하고 무시해 버릴 수 있는 것일까. 그의 질문에는 학

with a crew cut. It was Sihyŏng. The hearing seemed to be nearing an end.

"Would the defendant please summarize the new thought he has reached in his studies?" asked the judge, a benevolent smile on his face. His hands were resting over documents on his desk, the wide black sleeves of his robe folding gracefully around them. He was looking down at Sihyŏng.

"I think Europeans have a certain view of history. They believe that history is like a ladder or a mountain stream. At the top are the people of Europe. In the middle are all the peoples of Asia, following in their footsteps. Those at the bottom are barbarians. History flows like a stream from the ancient to the medieval to the modern. So even if the European spirit were to lose its unity and collapse, Europeans would still believe that it is they, and they alone, who are able to envision what the modern world will look like. This is the monadic view of history, so to speak. But I believe that we can shatter their illusion by showing that world history has multiple origins. Current events are demonstrating this before our eyes."

"From such a perspective, how does the defendant understand the ongoing war and the orienta-

문과 애정의 문제가 함께 얽혀져서 마치 그의 생활의 전체를 통솔하고 지배하는 열쇠 같은 것이 간축되어 있는 것이다. 사내들 세계는 알 수 없는 수수께끼라 한다. 사실 그는 오시형이가 평양으로 내려간 뒤부터 그를 이해하고 있달 자신이 없어졌다. 지금 그의 앞에 앉아 있는 이관형이라는 사내 역시 정체를 붙들 수 없는 사람은 아닌가. 이렇게 마주앉아 있는 것을 보면 교양 있고 얌전한 지식인 같다. 그러나 한편으론 문란주와 같은 나이먹은 여자와 강 영감의 말은 아니지만 심상하지 않은 관계를 맺어놓고 질서 없는 비위생적인 생활도 버젓하게 벌여놓을 수 있는 사람.

무경이의 묻는 말에 처음은 농말조로 받아넘기려다가 그의 태도가 지나치게 진지한 데 눌리어서 이관형이도 잠시 제 머리를 정리해 보듯 한다.

"전문 부분이 아니어서 상식적인 것밖에는 대답할 수 없겠습니다. 그리구 그런 정도로도 잘못된 해석이나 또 엉터리 없는 추상이 많을 줄 압니다마는…… 내 생각 같애선 서양 사람이 자기네들의 학문적 방법을 가지고 동양을 연구하는 것과 동양인이 구라파의 학문 세계에서 동양을 분리할 생각으로 동양을 새롭게 구성해 보려

tion of world history?"

Sihyŏng paused, seemingly choosing his words carefully.

"In the course of my developing thoughts, I have moved away from Dilthey's humanism toward Heidegger's philosophy. I'm deeply moved by how Heidegger progressed from an examination of the human condition to his commendation of Hitlerism. It's a current trend among our philosophers to find new subject matter in our present conditions. Scholars like Dr. Watsuji and Dr. Tanabe have proposed many ideas by engaging such issues as nation, race, and people. I have abandoned my past ideas and have become attracted to the construction of the new world order by following this general course of intellectual development."

The judge smiled with satisfaction. Mugyŏng let out a sigh of relief. At that moment, she noticed a young woman beginning to rise from a seat right behind the defense dock. The judge adjourned the court until later in the afternoon. The woman stood up. She was tall and was wearing a white traditional Korean topcoat. Mugyŏng felt her heart sink. Sitting next to the woman was Sihyŏng's father, and next to him was an elderly gentleman. Returning to his

는 노력과 이렇게 두 가지루다 나누어서 생각해 볼 수가 있는데 어느 것이나 독자적인 학문을 이룬다든가 하는 것은 어려운 일인 줄 생각합니다. 서양학자가 구라파 학문의 방법을 가지고 동양을 연구한다고 그것을 동양학이라고 말한다면 그것은 지역적인 의미밖에 되는 게 없으니까 별로 신통한 의미가 붙는 것이 아니고 그저 편의적인 명칭에 불과할 것이요, 또 동양인인 우리들이 동양을 서양 학문의 세계에서 분리해서 세운다는 일에도 정작 깊은 생각을 가져보면 여러 가지 곤란이 있을 줄 압니다. 가령 동양학을 건설한다지만 우리들의 대부분은 구라파의 근대를 수입한 이래 학문 방법이 구라파적으로 되어 있지 않겠습니까. 대학에서 공부한 사람의 거의가 구라파적 학문의 방법을 배운 사람들이니 그 방법을 버리고서 동양을 연구할 수는 없지 않습니까. 그렇지 않다면 동양이 가지고 있는 고유의 학문 방법으로 동양을 연구하여야 할 터인데 내가 영국 문학을 한 사람이라 그런지 사회과학이나 자연과학이나 철학이나 심리학이나 구라파적 학문 방법을 떠나서는 지금 한 발자국도 옴짝달싹 못 할 것입니다. 그러니까 니시다 같은 철학자도 서양 철학의 방법을 가지고 일본 고

seat, Sihyŏng walked up to the woman, his flushed face finally giving way to a smile. Mugyŏng left the courtroom, stepping away from the bustle inside. "It's her! The governor's daughter!" Now it was over. Mugyŏng stopped in the corridor, but unable to stand steady, she started again, dragging her feet along. Soon she was out in the courtyard. The sun shone bright. She felt dizzy.

Somehow she was able to make it back to her apartment. At its entrance she came across Ranju, who was just coming down. Mugyŏng managed to greet her.

"I heard at the office that you were sick..." Ranju herself looked pale.

"Yes, I've been to the hospital."

Ranju paused. Then she walked past Mugyŏng, saying, "Take care." Mugyŏng felt an impulse to invite the woman, this symbol of decadence, to have tea with her. But instead of proposing this, she simply climbed to her apartment upstairs.

"What can I do now?" Tears welled up in her eyes as she lay down on her bed. She began to cry, holding back nothing. Then she heard somebody knocking on the door. The sound told her that the visitor was Kwanhyŏng.

유의 철학사상을 창조한다고 애쓴다지 않습니까. 한동안 조선학이라는 것을 말하는 분들도 우리네 중에 있었지만 그 심리는 이해할 만하지만 별로 깊은 내용이 없는 명칭에 그칠 것입니다. 요즘에 율곡 같은 분의 유교 사상을 서양 철학의 방법을 가지고 연구해 보려는 분들이 생기고 있는 모양이지만 이런 의미에서 본다면 동양학의 성립이란 애매하고 또 내용 없는 일거리가 되기 쉽겠습니다."

"그러나 서양 학자들이 동양을 연구하는 데는 좀 더 다른 의미도 들어 있지 않을까요? 말하자면 서양의 몰락과 동양의 발견이라든가 하는."

"네 잘 알겠습니다. 요즘 그렇게들 말하는 분이 많습니다. 그리고 물론 그것은 결코 거짓이 아니겠지요. 구라파 정신의 몰락이라던가 구라파 문화의 위기라던가 하는 소리는 이 쭈루루니 책장에 꽂혀 있는 뭇별 같은 사상가들이 오래전부터 떠들어오는 말이고, 구라파 정신의 재생이나 갱생책을 생각해 보는 과정에서 동양을 발견하는 일이 많다고도 말할 수 있겠는데 그러나 그들은 결코 구라파 정신을 건질 물건이 동양의 정신이라고는 믿지 않고 있습니다. 뿐만 아니라 그들은 한 가지로

"Yes—" Mugyŏng tried to compose herself before opening the door.

"I wanted to apologize for last night. I heard you were sick."

"No, I'm alright."

"Well, I hope you're..." he paused for a moment. "I'm going on a trip. I'm going to leave my past behind. I'll keep the room as it is for now and check out later, after I return. I've told my family that I'll be traveling around Kyŏngju with the money I borrowed from my uncle. I think I'll make good on this lie."

"Then are you going to Kyŏngju?"

"I have no plans. I'm just thinking that fresh air might make me feel better. Maybe I'll even sow a grain of barley in the earth."

He laughed out loud. For a moment, Mugyŏng thought of Ran-ju's sad face.

"It's a good idea. Then let me get you the rest of the cash for your check."

"Thank you."

After sending Kang to the bank with the check, Mugyŏng sat alone in the office.

"Should I also go on a trip?"

"Should I go study in Tokyo, as my mother wants?"

세계를 건질 정신은 역시 구라파 정신이라고 깊이 확신하고 있습니다. 이것은 서양 사람으로서는 물론 당연한 일이고 우리 동양 사람은 감정적으로래도 항거하구야 견뎌 배길 일이지만 그러나 구라파 학자의 동양 발견이라는 것은 그 이상의 것은 아닙니다. 서양 학자가 동양에 오면 도시의 근대 건축이나 그런 것에는 조금도 감탄하지 않고 고적이나 유물 앞에서는 아주 무릎을 친답니다. 그를 안내한 동양 학자는 이것을 설명해서 서양 사람들은 위안으로밖엔 감탄하지 않는다고 말합니다. 유물이나 고적에서 서양을 건져낸다든가 세계 정신을 갱생시킬 요소를 발견하고 감탄하는 것은 아니란 것입니다. 이런 점은 우리 동양 사람이 깊이 명심할 일입니다."

무경이는 가만히 듣고 앉아 있다. 그러나 마지막으로 오시형이의 이론을 그대로 옮겨서 또 한번 질문을 던져 본다.

"앞으로의 현대의 세계사를 구상해 보는 데 있어서 서양사학에서 떠나 다원사관에 입각하여 여러 개의 세계사를 꾸며놓는 것은 어떨까요?"

학문적인 술어가 마음대로 입에 오르지 않아서 그는

But she couldn't warm up to any of these ideas.

1) Translator's note: Beyond readily recognizable names, Sihyŏng's library includes some relatively less known figures. Anton Charles Pegis (1905-?), a Milwaukee native, was a professor of medieval philosophy; José Ortega y Gasset (1883-1955) was a Spanish philosopher who applied German philosophical ideas to the problem of Spanish decadence and, more broadly, to the crisis of Europe; Carl Schmitt (1888-1985) was a conservative critic of liberalism in Weimar Germany who supported Nazism; Franz Rosenzweig (1886-1929), a Jewish philosopher, developed the "philosophy of revelation," which combined religious inspiration with German idealism; and Ernst Peter Wilhelm Troeltsch (1865-1923) was a philosopher of religion and history who tried to reconcile theology with modern scientific culture by grounding his study of religion in historical analysis.

2) Translator's Note: In the first of the trilogy, "Nangbi" (Waste, 1940-1941), which is left incomplete, Kwanhyŏng clashes with Japanese professor Sakizaka, who is on his dissertation committee. The professor questions Kwanhyŏng's ulterior motivation in writing the dissertation on Henry James, "an intellectual with no spiritual home." When Kwanhyŏng defends his choice by relating the writer's influence on James Joyce, the professor becomes even more suspicious, questioning why Kwanhyŏng takes interest in the "[colonial] Irish" writer. Finally, Sakizaka criticizes Kwanhyŏng for taking a "sociological"—read in the context as "materialist" and therefore "Marxist"—interpretive approach in his literary analysis. Kwanhyŏng later complains to his advisor, another Japanese professor, that Sa-kizaka was trying to trap him by asking such questions.

더듬더듬 자기의 의사를 표현해 놓는다.

"동양에는 동양으로서 완결되는 세계사가 있다, 인도는 인도의, 지나는 지나의, 일본은 일본의, 그러니까 구라파과학에서 생각해 낸 고대니 중세니 근세니 하는 범주를 버리고 동양을 동양대로 바라보자는 역사관 말이지요. 또 문화의 개념두 마찬가지 구라파적인 것에서 떠나서 우리들 고유의 것을 가지자는 것. 한번 동양인으로 앉아 생각해 볼 만한 일이긴 하지요마는 꼭 한 가지 동양이라는 개념은 서양이나 구라파라는 말이 가지는 통일성을 아직껏은 가져보지 못했다는 건 명심해 둘 필요가 있겠지요. 허기는 구라파 정신의 위기니 몰락이니 하는 것은 이 통일된 개념이 무너지는 데서 생긴 일이긴 하지만. 다시 말하면 그들은 중세를 가지고 있지 않습니까. 그 중세가 가졌던 통일된 구라파 정신이 자주 깨어져 버리는 데 구라파의 몰락이 있다고 하지 않습니까. 그러나 그들이 그들의 정신의 갱생을 믿는 것은 통일을 가졌던 정신의 전통을 신뢰하기 때문이겠습니다. 불교나 유교는 이러한 정신적 가치로 보면 훨씬 손색[20]이 있겠지요. 조선에도 유교도 성했고 불교도 성했지만 그것이 인도나 지나를 거쳐 조선에 들어와서 하나도 고

* *On the Eve of the Uprising and Other Stories from Colonial Korea* (2010), translated by Sunyoung Park in collaboration with Jefferson J.A. Gatrall. Ithaca, NY: Cornell East Asia Series Volume 149. Reprinted with permission from the publisher.

Translated by Sunyoung Park

in collaboration with Jefferson J.A. Gatrall

유의 사상이나 문화의 전통을 이룰 만한 정신적인 힘은 가지고 있지 못하지 않았습니까. 허기는 그건 불교나 유교의 탓이라기보다는 우리 조상들의 불찰이기도 하지만."

어느 한 귀퉁이를 비비고 들어가 볼 틈새기도 없을 것 같았다. 이관형이의 이러한 생각을 듣고 있으면 그가 비위생적인 생활 태도를 가지는 데도 어딘가 이해가 가는 듯이 느껴졌다. 동양인으로서 동양을 저토록 폄하(貶下)하지 않을 수 없는 것도 하나의 비극이라고 생각되어지기도 하였다. 그는 잠시 오시형이의 편지를 생각해 보았다. 비판만 하면 자연히 생겨나리라고 생각하는 것이 요즘의 지식인들의 하나의 통폐라고 말하면서 비판보다도 창조가 바쁘다고 한 것은 이러한 것을 두고 말하였던 것일까.

잠시 말을 끊고 앉아 있던 이관형이는 주머니를 뒤져서 담배를 꺼냈다.

"미안하지만 담배 한 가치만 피웁시다."

그러고는 성냥을 그어서 담배를 붙였다. 한 모금 깊숙이 빨고는,

"요즘 내가 가장 사랑하는 말이 하나 있습니다. 반 고

흐라는 화가의 말인데."

다시 한 모금을 빨아 마신 뒤에,

"인간의 역사란 저 보리와 같은 물건이다. 꽃을 피우기 위해서 흙 속에 묻히지 못하였던들 무슨 상관이 있으랴, 갈려서 빵으로 되지 않는가. 갈리지 못한 놈이야말로 불쌍하기 그지없다 할 것이다. 어떻습니까?"

그러고는 또 한 번 뜨적뜨적이 그것을 외우고 있었다. 무경이도 그의 하는 말을 외어가지고 다소곳하니 생각해 본다. 그러나 한참 만에,

"그게 어떻단 말씀이에요. 흙 속에 묻히는 것보다 갈려서 빵이 되는 게 낫다는 말씀입니까. 그렇잖으면 흙속에 묻혀서 많은 보리를 만들어도 그 보리 역시 빵이 되지 않는가 하는 말씀입니까?"

하고 물어보았다. 이관형이는 싱글싱글 웃으면서,

"여러 가지루 해석할 수 있을수록 더욱더 명구가 되는 겁니다, 해석은 자유니까요."

"그럼 전 이렇게 해석할 테에요. 마찬가지 갈려서 빵가루가 되는 바엔 일찍이 갈려서 가루가 되기보담 흙에 묻히어 꽃을 피워 보자."

이관형이는 여전히 싱글싱글 웃었다.

"구라파 정신이 막다른 골목에 처했을 적에 그들이 니힐리스틱하게 던져본 말입니다. 이렇게 구라파가 몰락해 버리는 데 정신을 신장해 보는 사업에 종사해 본들 무엇 하랴, 이건 하이데거 같은 철학자의 해석이랍니다. 선생님의 해석은 건강하고 낙천적이고 미래가 있어서 좋습니다."

"선생께선 그런 사상을 가졌으니께 대학에서두 실패를 보신 거예요."

"대학에서 실패를 보구 그런 사상을 가졌다는 편이 진상에 가깝겠지요."

"영국 문학을 하셨구 그런데 바로 그 정신의 고향인 자유주의와 개인주의의 영국이 지금 망하게 되었으니께 선생님이 그런 생각을 가지게 되시죠."

관형이는 담배를 껐다.

"그런 것만도 아닙니다. 대학에서 실패한 건 되려 자유주의적이 못 되기 때문이었구, 또 내 정신의 고향이 결코 영국인 것도 아닙니다. 우린 동양 사람이 아니어요. 대학에서 몇 년 배웠다구 그대루 영국 정신이 터득된다면 큰일이게요. 오히려 병집은 그 반대인 데 있습니다. 구라파 문화를 겉껍질루만 배운 데. 그럼 내 자신의 이야기를 하지요. 그러나저러나 내 자신의 이야기를 털어놓는다고 하면서도 여태 서루 통성두 없었군요. 저는 이관형이라고 부릅니다."

그래서 무경이도 제 이름을 가르쳐주고 인사를 하였다. 그러고는 마주보며 웃었다.

"그러면 내 정신의 비밀을 들어보십시오……. 아까 동양을 여행하는 외국 사람들이 우리 서양식 건축과 문명을 구경하고는 감탄은 샘스러 그저 누추한 모방품을 본 듯이 유쾌하지 못한 낯짝을 한다는 의미의 말씀을 드렸지요. 바로 그 서양식 건축 같은 가정이 우리 집이라구 해두 과언이 아닙니다. 내 아버지는 서울서두 손꼽이에 들 수 있는 무역상입니다. 말하자면 부르주아올시다. 아버지의 세 자식은 모두 근대적인 교육을 받았습니다. 나는 보시는 바 영문학을 하였고 내 누이동생은 음악 학교를 나왔고 내 끝동생은 금년 봄에 삼고(三高) 독문과를 나옵니다. 모두 문화의 가장 찬연한 정수를 전공했습니다. 우리 가정은 그것 자체로 하나의 현란하고 난숙한 부르주아의 가정이올시다. 그런 의미에선 티피컬한 가정이라구 해두 과언은 아니겠습니다. 그런데……."

그는 잠시 숨을 돌리듯 하며 말을 끊었으나 다소 침울한 빛이 눈 가상에 떠올랐다.

　"그런데 우리 조선이 근대를 받아들인 상태를 이것과 대조해 보면 우리 집 가정의 타입이 더 뚜렷해지리라고 생각합니다. 개화가 있은 지 가령 칠십 년이라고 합시다. 이때부터 구라파의 근대를 수입해 왔다고 쳐도 실상은 구라파의 정신은 그때에 벌써 노쇠해서 위기를 부르짖고 있던 때입니다. 우리들은 새롭고 청신하다고 받아들여온 것이 본토에서는 이미 낡아서 자기네들의 정신에 의심을 품고 진보라는 개념 자체에 회의를 품어 오던 시대입니다. 그러니까 우리는 남의 고장의 노후하고 낡아빠진 문명과 문화를 새롭고 청신하게 맞아들인 것입니다. 구라파가 결딴이 났다고 우리들이 눈을 부실 때엔 벌써 이미 시일이 늦었습니다. 받아들인 문명과 문화는 소화도 하지 못하고 있는데 벌써 구라파 정신은 갈 턱까지 가서 두 차례나 커다란 전쟁을 경험하고 있습니다. 나 같은 사람이 영국 문학을 하였으나 조금씩 조금씩 깊은 이해를 가져 보려고 노력하면 노력할수록 나는 어떻게도 할 수 없는 그들의 답답한 정신 세계에 자꾸만 부딪치게 됩니다. 우리 아버지란 그러한 아들을 가지고 있는 상인입니다. 무역상이라고 하니까 앞으로 자유주의 경제가 완전히 통제를 당하고 보면 당연히 결딴이 나겠지요. 지금은 상업적 수단이 있어서 되려 시국을 이용하고 있는지도 모르지만. 우리들은 이층에서는 양식을 잡숫고 아래층에 와서는 깍두기를 집어 먹는 그런 사람들이요, 또 그 정도로 아주 될 대로 되어버려서 모두 권태와 피로를 경험하고 있습니다. 노인네들 말대로 하면 우리 집도 장차 쇠운에 빠지고 말 것이 분명합니다. 누이동생은 음악이 전공이지만 그것에 몰두할 수 없은 지 오래고, 고등학교 다니는 학생은 벌써 학문이나 학업에 권태를 느껴온 지 오랩니다. 내 매부는 비행가였었는데 이 용기 있고 참신한 청년은 얼마 전에 향토 비행을 하다가 울산 부근에서 안개를 만나 불시착륙하였으나 바위와 충돌해서 비행기와 함께 세상을 떠났습니다."

"얼마 전에 신문에 났던?"

"네 아마 그것이겠지요. 그러한 가운데 나는 살고 있습니다. 그런데 또 한 가지 이상한 건 작년부터 약 일 년 가까이 내 주위에는 참말 아무짝에도 쓸모가 없는 사람들이 욱적거리고 있었습니다. 가령 문란주 같은 여자가 그중의 한 사람입니다. 이 사람은 약 일 년 전에 우연히 알게 된 사람인데 처음부터 나는 이 여자를 데카당스의 상징처럼 느껴왔습니다. 그 사람이 들으면 노할는지 모르고 또 그 자신 그렇지 않은 사람인지도 모르나 나는 그를 볼 때마다 퇴폐적이고 불건강한 것의 대표자처럼 자꾸 느껴진 것입니다. 그러니까 나는 자꾸 그를 피하고 물리쳐 왔지요. 또 오늘 나를 찾아와서 소절수를 주고 간 양반, 이분은 내 아저씨뻘 되는 분인데 몸도 건장하고 정력도 좋고 돈도 먹을 만치는 있고 한 청년 신삽니다. 그는 하나의 정복욕을 가지고 있습니다. 그러나 그 정복욕은 여자를 정복하는 데만 쓰였습니다. 그는 그 방면에 레코드 홀더가 된다고 스스로 말하고 있습니다. 또 백인영이라는 은행가가 있었는데 이 양반은 잔재주를 너무 부리다가 그것 때문에 은행에서 실패했습니다. 그의 첩은 바로 저 문란주의 지기지우(知己之友)입니다……. 이런 분위기 속에서 나는 일 년 동안 싸워 왔습니다. 그러나 그렇던 내가 교내의 파벌과 학벌 다툼에 희생이 되어서 아주 실패를 보게쯤 되었습니다. 요 얼마 전입니다. 나는 그날 술에 취하였습니다. 술에서 깨어보니까 문란주네 이층에 가 누웠습니다. 이야기를 들으니까 명치정에서 문란주가 오뎅 해서 한잔 먹고 나오는데 내가 비틀거리고 오더라나요. 나는 사오 일 동안 이층에서 번듯이 누웠었습니다. 아주 기력이 없고 수족을 놀리기도 싫어진 겁니다. 무슨 정신에 집에는 여행 가노라는 엽서는 띄워 놓았지요. 나는 집에 들어가기도 싫어졌습니다. 또 문란주 씨네 집에 그대로 묵고 있는 데도 싫증이 났습니다. 그래서 옮아 온 것이 이 아파트올시다. 이사하자 막 늙은 영감과 또 최 선생과 말다툼을 하였고……."

"잘 알겠습니다."

하고 무거운 머리를 들어 관형이에게 인사를 하듯 하고 무경이는 일어나서 다시 가스 불을 열어놓았다.

"그러나 나 같은 사람은 비위생적인 데도 철저히 빠져 있을 수 없는 사람인 모양입니다. 빵가루가 되기보담 어느 흙 속에 묻혀 있기를 본능적으로 희망하는 인물인지도 모르지요. 그것이 더 비극이지만."

물이 사르르 하고 더워 오는 소리가 들려온다.

"실상은 저도 그것과는 다르지만 그 비슷한 정신적 비밀을 가지고 있습니다."

남의 신변의 비밀을 듣고 나니 어쩐지 제 비밀도 털

어놓아야 할 것처럼 생각되어졌다.

그러나 이관형이는,

"그러시겠지요. 요즘 청년치고 그런 것 가지고 있지 않은 분이 쉬웁겠습니까."

할 뿐 그 이상 이야기를 듣고 싶은 표정은 없었다. 무경이는 일어나서 홍차를 한 잔씩 더 만들었다. 차를 쭉 마시고는,

"이거 이야기가 너무 길어졌습니다. 공연히 방해되셨지요?"

관형이는 의자에서 일어났다.

"그럼 안녕히 주무십시오."

하고 인사하였을 때 방을 나가려는 사내는 작은 약병을 꺼내 잘랑잘랑 흔들면서,

"잠이 안 오면 이걸 먹고 잡니다."

그러고는 시니컬하게 웃어 보였다. 이관형이를 보내고 난 뒤 책을 펴놓았으나 물론 읽혀지진 않았다. 침대에 들어가 누워도 잠도 이내 오지 않았다.

늦게야 잠이 들었으나 아침은 또 이르게 눈이 뜨였다. 침대에 누워서 일어나기가 싫다. 어젯밤에 들은 이관형

이의 이야기를 생각한다. 인간의 역사란 보리와 같다고! 비밀을 털어놓고 샅샅이 들어보면 그러한 생각에 찬성을 하건 안 하건 이해는 가질 수가 있다. 오시형이도 지금 그런 것을 생각하고 있는 것일까. 그러한 정신 세계를 헤매고 있는 것일까. 이관형이보다 복잡하면 복잡하였지 단순할 것 같진 않아 보인다. 그럴수록 그를 만나고 싶다. 만나서 모든 것을 들어보고 싶다. 그는 지금 어디 있는 것일까.

그러나 오시형이를 만나고 싶다는 그의 욕망은 곧 이루어질 수 있게 되었다. 오시형이는 지금 무경이가 사는 이 서울에 올라와 있다고 한다.

아침도 먹기 전이었다. 어디서 전화가 왔다고 하여서 그는 전화통 있는 데로 갔다. 오시형이를 보석시켜준 변호사한테서 온 것이었다. 오시형이가 공판에 올라왔을 텐데 어디서 유하는지 모르느냐는 전화 내용이다. 무경이는 당황하였다. 차마 모른다고 말하기는 창피하였으나 역시 그렇게 대답할밖에 도리가 없었다.

오늘이 공판인데 좀 상의할 일이 있다고 하면서 변호사는 전화를 끊는다. 오늘이 공판? 그러면서 어째서 오시형이는 나에게 그런 것조차도 알려주지 않는 것일까.

서울에 올라왔으면서 어째 여관도 알리지 않고 한번 찾아도 오지 않는 것일까.

아침을 먹을 수 없었다. 사무실에는 잠시 나갔다가 머리가 아프다고 들어와 버렸다. 아무리 생각하여도 공판정으로 찾아가볼밖에 도리가 없었다. 시간은 퍽 지났을 것이지만 그는 이내 아파트를 나와서 재판소로 달려갔다. 정정(廷丁)[21]에게 물어서 공판정에 들어가니까 재판은 퍽 진행이 되어 있었다. 방청객이 더러 있었으나 그런 것엔 눈이 가지도 않았다. 공범 여섯이 앉아 있는 앞에 머리를 청결하게 깎은 국민복 입은 청년이 서 있었다. 그것이 오시형이었다. 심리는 얼추 끝이 날 모양이었다.

"피고가 학문상으로 도달하였다는 새로운 관념에 대해서 간명히 대답해 보라."

재판장은 온후한 얼굴에 미소를 그리고 질문을 던진다. 서류 위에 법복 입은 두 손을 올려놓고 그는 오시형이를 내려다보고 있다.

"구라파 사람들은 역사에 대한 하나의 신념을 가지고 있다고 생각합니다. 그들은 역사란 마치 흐르는 물이나 혹은 계단이 진 사다리와 같은 물건이라고 믿고 있습니다. 맨 앞에서 전진하고 있는 것은 구라파의 민족들이요, 그 중턱에서 구라파 민족들이 지나간 과정을 뒤쫓아 따라가고 있는 것은 아시아의 모든 민족들이요, 맨 뒤에서 쫓아오고 있는 것은 미개인의 민족들이라는 사상이 그것입니다. 고대에서 중세로 근대로 현대로 한 줄기의 물처럼 역사는 흐르고 있다 합니다. 그러니까 설령 그들이 가졌던 구라파 정신이 통일성을 잃고 붕괴하여도 새로운 현대의 세계사를 구상할 수 있고 또 구상하는 민족들은 자기들이라고 생각하고 있습니다. 이것이 역사에 있어서의 말하자면 일원사관일까 합니다. 그러나 이러한 생각에서 떠나서 우리의 손으로 다원사관의 세계사가 이루어지는 날 역사에 대한 이 같은 미망은 깨어지리라고 봅니다. 역사적 현실은 이러한 것을 눈앞에 보여주고 있습니다."

"그러면 피고의 그러한 생각으로 현재 진행되고 있는 전쟁과 세계사적 동향은 어떻게 포착할 수 있다고 생각하는가?"

피고는 말을 끊고 숨을 돌리듯 하고는 다시 이야기의 머리를 잠깐 돌려보듯 하였다.

"저의 사상적인 경로를 보면 딜타이의 인간주의에서

하이데거로 옮아갔다는 느낌이 듭니다. 하이데거가 일종의 인간의 검토로부터 히틀러리즘의 예찬에 이른 것은 퍽 깊은 감명을 주었습니다. 철학이 놓여진 현재의 주위의 상황으로부터 새로운 문제를 집어 올린다는 것은 최근의 우리 철학계의 하나의 동향이라고 봅니다. 와츠지(和辻) 박사의 풍토사관적 관찰이나 타나베(田邊) 박사의 저술이 역시 국가, 민족, 국민의 문제를 토구(討究)하여 이에 많은 시사를 보이고 있습니다. 제가 과거의 사상을 청산하고 새로운 질서 건설에 의기를 느낀 것은 대충 이상과 같은 학문상 경로로써 이루어졌습니다."

재판장은 만족한 미소를 입가에 띠었다. 무경이도 숨을 포 내쉬었다. 그러나 바로 그때였다. 피고석 뒤에 놓인 방청석으로부터 젊은 여자가 약간 허리를 드는 것이 그의 눈에 띄었다. 이윽고 재판장은 오후에 심리를 계속하고 일단 휴식에 들어간다는 선언을 하였다. 젊은 여자는 완전히 일어섰다. 흰 두루마기를 입은 키가 날씬한 여자였다. 무경이는 가슴이 뚱 하고 물러앉는 것을 느꼈다. 그 여자의 옆자리엔 오시형의 아버지, 그리고 그 옆자리엔 어떤 늙은 신사, 피고석으로부터 돌아

온 오시형이는 긴장한 얼굴을 흐트려놓으며 그 여자가 서 있는 곳으로 가는 것이 보였다. 무경이는 뒤숭숭해진 공판정의 소음에 앞서 복도로 나왔다. '그 여자이다! 도지사의 딸!' 그리고 이것으로 모든 문제는 끝이 나는 것이 아닌가. 복도 가운데 서보았으나 몸을 유지할 수가 없어서 그는 허턱대고 걸어본다. 뜰로 나왔다. 날이 쨍쨍하다. 몹시 현기증이 난다.

어떻게 그래도 용하게 아파트는 찾아왔다. 문 밖에서 지금 막 아파트를 나오는 문란주와 만났다. 그는 겨우 인사를 하였다.

"사무실에서 들으니까 몸이 편하지 않으시다드니……."

하고 말하는 문란주의 얼굴도 핏기가 없어 보인다.

"네, 그래서 병원에 다녀옵니다."

문란주는 잠깐 동안 가만히 서 있었으나,

"그럼 잘 조리하세요."

하고 걸어 나갔다. 데카당스의 상징 같다고 하는 문란주와 그는 차라도 마시고 싶은 충동을 느껴보았으나 그대로 제 방으로 올라왔다.

'인제 나는 어떻게 할 것인가?'

침대에 누우니까 처음으로 눈물이 나서 그는 실컷 울었다. 그런데 얼마가 지나서 노크 소리가 났다. 두들기는 품으로 보아 어젯밤에 찾아왔던 이관형이의 것이 분명하다.

"네에."

하고 대답해 놓고는 낯을 고치고야 문을 열었다.

"어젯밤은 실례했습니다. 어데 편하지 않으시다고요."

"아뇨, 괜찮습니다."

"글쎄, 그러시면 다행이지만……."

잠시 말을 끊었다가,

"지난 생활을 청산해 보려고 어데 훨훨 여행이나 떠나보렵니다. 방은 그대루 두고 다녀와서 정리하기루 하겠어요. 우리 집엔 실상은 아저씨한테 돈 취해 갖고 지금 경주 방면에 여행하는 중이라고 알려두었는데 헛소리를 참말로 만들어볼까 합니다."

"그럼 경주로 가십니까?"

"뭐 작정은 없습니다. 휘 한 바퀴 돌아보면 마음이 좀 거뜬해질까 해서 보리알을 또 한번 땅 속에 묻어볼까 허구서."

그는 껄껄거리며 웃었다. 아까 다녀 나가던 문란주의

얼굴이 눈앞에 떠올랐으나,

"잘 생각하셨습니다. 그럼 어저께 소절수를 마저 찾아 드리지요."

"죄송합니다."

소절수를 찾으러 강 영감을 은행으로 보내고 무경이는 사무실 의자에 혼자 앉아 있었다.

'나두 어데 여행이나 갈까?'

'아예 어머니 말마따나 동경으루 공부나 갈까?'

그런 것을 생각해 보았으나 원기도 곧 솟아나지 않았다.

1) 곱푸. 네덜란드어 'kop'의 일본식 표기. 컵.
2) 돔부리. 덮밥.
3) 생각히었다. '생각나다'의 잘못.
4) 늑지하다. '느끼하다'의 사투리.
5) 댓금(大一). 물건 값의 높은 시세.
6) 좌단(左袒). 왼쪽 소매를 벗는다는 뜻으로, 남을 편들어 동의함을 이르는 말. 중국 전한(前漢) 때에, 여후(呂后)가 반란을 꾀할 때 공신 주발(周勃)이 군중(軍中)에서, 여후를 돕고자 하는 자는 오른쪽 소매를 벗고 한나라 왕실을 돕고자 하는 자는 왼쪽 소매를 벗으라고 명하자 모두 왼쪽 소매를 벗었다는 데서 유래한다. 『사기』의 「여후본기(呂后本紀)」에 나오는 말.
7) 부수(附隨). 주된 것이나 기본적인 것에 붙어서 따름. 또는 그러한 것에 붙어 따르게 함.
8) 암파(岩波). 이와나미.
9) 시키킨. 전세 보증금.

10) 곰방와. 밤에 만났을 때 하는 인사말. 안녕하십니까.

11) 체부. '우편 집배원'의 전 용어.

12) 깃도. 송아지나 새끼 염소의 가죽.

13) 하회(下回). 윗사람이 회답을 내림. 또는 그런 일.

14) '코를 이룬 살덩어리'의 북한어. '콧집이 찌그러지다'는 일이 앞으로 잘되기는 틀렸다는 뜻.

15) 패쪽. 어떤 사물의 이름, 성분, 특징 따위를 알리기 위한 나무, 쇠붙이 따위의 쪽.

16) 용달사(用達社). 상품이나 물건 따위를 전문적으로 배달하는 일을 하는 기업체.

17) 소절수(小切手). 수표. 은행에 당좌 예금을 가진 사람이 소지인에게 일정한 금액을 줄 것을 은행 등에 위탁하는 유가 증권.

18) 데석. '고개'의 사투리인 듯함.

19) 백석(白皙). 얼굴빛이 희고 잘생김.

20) 손색(遜色). 다른 것과 견주어보아 못한 점.

21) 정정(廷丁). 일제 강점기에 법원의 사환을 이르던 말.

＊ 작가 고유의 문체나 당시 쓰이던 용어를 그대로 살려 원문에 최대한 가깝게 표기하고자 하였다. 단, 현재 쓰이지 않는 말이나 띄어쓰기는 현행 맞춤법에 맞게 표기하였다.

《춘추(春秋)》, 1941

해설

Afterword

애도마저 불가능해진 시대의 흔적

이경재 (문학평론가)

중일전쟁 이후 사회주의 문인들은 국내·외적인 이유로 사회주의와의 결별을 강제당하고, 이로 인해 자신들이 나아갈 문학적 방향에 대한 심각한 혼란에 빠진다. 무엇보다 이 시기 사회주의 문인들에게 핵심적인 과제는 자기 정체성의 핵심을 구성하는 사회주의를 어떻게 처리하느냐는 것이다. 이것은 사회주의 문인들에게 가장 중요한 정체성의 계기가 다름 아닌 사회주의에 대한 바람직한 애도의 양상과 맞닿아 있다는 말이기도 하다. 누구보다 카프(KAPF, 조선무산자예술가동맹)에 충실했던 김남천에게도 사회주의 이념에 대한 애도는 자기 정체성 구성의 핵심적인 과제로 등장하게 된다. 김남천의 「

Traces of a Time When Even Mourning
Became Impossible

Lee Kyung-jae (literary critic)

After the second Sino-Japanese War (1937-45), Korean socialist writers were forced to distance themselves from socialism for various reasons that stemming from both domestic and overseas factors. These writers were thrown into serious confusion about the orientation of their works and had to decide how to handle socialism, which had been the essence of their identities. They had to find a way in their writings to mourn their loss of socialism.

For Kim Namch'on, who had been very loyal to the Korea Artista Proleta Federatio (KAPF), the task of mourning his loss of socialism also emerged as an essential element in maintaining his later identity.

맥」(《춘추》, 1941)은 이 시기 김남천이 지니고 있던 사회주의에 대한 입장 등을 예리하게 드러낸 작품이다.

김남천의 「맥」은 「경영」(《문장》, 1940)에 이어지는 작품이다. 이 연작소설에는 김남천 소설에서는 최초로 프로이트적인 의미의 애도를 완벽하게 수행하는 인물인 오시형이 등장한다. 그는 사회주의로부터 동양주의로, 최무경으로부터 아버지의 품으로 리비도의 이동을 깔끔하게 수행한다. 오시형은 과거의 대상에 대한 완벽한 상징화와 의미 부여에 이른 모습까지 보여준다. 최무경은 독실한 신앙을 가진 어머니의 반대에도 불구하고 오시형을 사랑했고, 오시형을 옥바라지하기 위해 취업 전선에 나갔고, 보석 운동을 하느라 발이 닳도록 뛰었으며, 뼈가 시그러지도록 일을 하였다. 그러나 오시형은 손쉽게 이별을 선언하고, 아버지가 소개하는 도지사의 딸을 선택한다.

오시형은 최무경과 손쉽게 이별하고 아버지의 뜻에 따라 도지사의 딸을 선택하듯이 과거와 철저하게 단절하고 있다. 그러고는 다원사관이라는 새로운 가치에 자신의 모든 정신적 지향을 바치고 있다. 사회주의라는 대주체를 향했던 리비도를 철회한 후, 자신의 리비도를

His short story "Barley," published originally in the February 1941 issue of *Ch'unch'u*, acutely reveals his exploration into a new stance toward socialism.

"Barley" is a sequel to "Management," which had been published in the October 1940 issue of *Munjang*. In "Barley," Sihyŏng is a character who successfully mourns his loss in a thoroughly Freudian sense, doing so for the first time in the author's works. He moves decisively from socialism to orientalism, from his faithful lover Mugyŏng to a bride chosen by his father. He also reaches complete symbolization and signification of his objects of the past. Mugyŏng loves Sihyŏng despite her own mother's opposition, working to support him throughout his imprisonment, scurrying around to make his bail, and not caring about her own health. Nevertheless, Sihyŏng rejects her without hesitation and chooses instead the governor's daughter, whom his father picked for him. In these personal choices, Sihyŏng thoroughly breaks from the past and dedicates his moral energy to a new value based on a newly adopted pluralistic view of history. In Freudian terms, after withdrawing his libido from the subject of socialism, he directs it toward orientalism.

동양주의로 향하게 된 것이다. 오시형의 다원사관(동양 문화론)은 일제 말기 동아시아 지역에서 일본 제국주의 의 패권을 합리화하는 이데올로기 구실을 했다. 서양을 타자화함으로써 일본의 정체성을 확립할 뿐만 아니라 대동아라는 상상의 공동체를 완성하고자 한 것이다. 오시형은 자신이 의지했던 사회주의적 세계관을 모두 일원론이었다고 이야기한다. 이것은 왜곡된 상징화이 며 의미 부여라고 할 수 있다. 오시형은 조선의 사회주 의가 지닌 반식민주의적 특징들을 폭력적으로 제거한 채, 자기 맘대로 내면화를 한 후 새로운 대타자를 향해 자신의 에너지를 쏟아 붓고 있는 것이다.

오시형의 반대편에 놓인 인물이 제국대학의 강사였 던 이관형이다. 이관형은 오시형의 "경제학으로부터 철 학에의 전향", "일원사관으로부터 다원사관에의" 전향, 그로부터 비롯된 동양학의 건설과 동양인으로서의 자 각에 대하여 회의적인 태도를 가지고 있다. 이관형은 최무경과의 문답을 통해 동양학이란 성립할 수 없으며, 동양은 서양의 중세와 같이 통일성의 경험이 없기 때문 에 다원사관은 성립될 수 없다는 입장을 보여준다. 이 러한 입장으로 인해 이관형은 애도에 성공하지 못한 채

Sihyŏng's pluralistic view of history, oriental culture theory, was used as an ideology that justified the hegemony of Japanese imperialism during the late-colonial period. It not only established Japanese identity through the objectification of the West, but also extended itself to an imaginary community called "Greater East Asia." Sihyŏng argues that a socialist worldview is universal, but Sihyŏng's argument is a distorted symbolization and signification. He ignores the anti-Japanese nature of socialism in colonial Korea, arbitrarily redefines it, and then justifies the devotion of his energy to a new object.

At the opposite pole, the character Yi Kwanhyŏng, who used to be an Imperial University lecturer, is skeptical of Sihyŏng's conversion "from economics to history...from a universal view of history to a pluralistic one," and his academic investment in Oriental Studies and his growing consciousness of his identity as an Asian. During a conversation with Mugyŏng, Kwanhyŏng argues that Oriental Studies cannot be justified and a pluralist view of history cannot be applied to the Orient because the region does not have universal feudal history like the West. Because of such views, Kwanhyŏng cannot suc-

우울증에 가까운 모습으로 살아간다. 그는 대학 강사직에서도 해임된 후, "수염을 지저분하게 기르고 여자의 가운을 걸치고 번뜻이 침대에 누워서 담배만 피우고 빵조각이나 씹다가는 머리맡에 팽개쳐두고……" 지내는 폐인 같은 모습을 보여주는 것이다.

이관형은 현재에 어떠한 리비도도 쏟아 붓지 못한다. 그것은 강사를 그만두게 만든 자신의 지난 사상에 여전히 충실한 결과라고 말할 수 있다. 과거를 상징화하여 처리하고 새로운 대상에 리비도를 쏟는 모습이 오시형을 통해 나타났다면, 과거의 대의를 고집스럽게 간직한 모습은 이관형을 통해 나타나고 있다. 작가는 이관형보다 오시형을 훨씬 부정적인 존재로 바라보고 있다. 이것은 이 작품의 초점화자인 최무경에 대한 오시형의 비인간적인 행동과 이관형을 향한 최무경의 매혹 등을 통해 선명하게 드러난다.

그러나 오시형과 이관형은 과거 사회주의 이념에 대한 적절한 애도의 방식을 취한다고 볼 수는 없다. 프로이드가 말한 성공한 애도는 타자를 자기 식으로 상징화하여 기억의 공간에 편입시킨다는 점에서 일종의 폭력이다(오시형의 경우). 그렇다고 우울증에 빠지는 것 역시

cessfully mourn the past and lives a depressed life. After being fired from his lecturer position, he stays in bed all day, smoking and unshaven.

Kwanhyŏng cannot devote his libido to anything in the present because he remains loyal to socialism, his ideology of the past. Unlike Sihyŏng, who quickly leaves the past behind, Kwanhyŏng obstinately holds onto it. Nevertheless, the author views Sihyŏng more negatively than Kwanhyŏng. This is clear through his depiction of the story's focal narrator, Mugyŏng. Sihyŏng is inhumane toward Mugyŏng, and Mugyŏng is attracted to Kwanhyŏng.

However, neither Sihyŏng nor Kwanhyŏng properly mourn the socialist ideology they once believed in. Although Sihyŏng succeeds in mourning, in the Freudian sense of the word, his mourning is a kind of violence toward the past: it symbolizes the other in one's own mold and incorporates this symbolized other into one's memory. On the other hand, to be depressed like Kwanhyŏng is not a successful way of mourning because it excludes the past object from the present self. The separation from the other, which the concept of successful mourning presumes, means a unilateral incorporation of the other in one's own mold, while the unity

지금의 지배적인 통념과는 달리 과거의 대상을 지금의 자신으로부터 철저히 배제시킨다는 점에서 결코 성공한 것일 수 없다(이관형의 경우). 정상적 애도라는 관념이 전제하는 타자로부터의 분리는 타자를 내 식대로 만드는 것이며, 실패한 애도라는 관념이 전제하는 타자와의 합체는 타자를 나와는 무관한 온전한 타자로 만드는 것이기 때문이다. 따라서 진정한 애도란 진행형으로서만 존재하게 된다. 즉 애도는 대상이 지닌 현실성의 상실을 통해서 그 관념상의 본질을 획득하는 지양(Aufhebung)의 구조를 통해서만 가능한 것이다.

이 작품의 주제는 너무도 유명한 보리 이야기에 집약되어 있는데, 이 이야기에는 오시형, 이관형, 최무경의 각기 다른 애도 양상이 담겨져 있다. 그 핵심 부분을 인용하면 다음과 같다.

"인간의 역사란 저 보리와 같은 물건이다. 꽃을 피우기 위해서 흙 속에 묻히지 못하였던들 무슨 상관이 있으랴, 갈려서 빵으로 되지 않는가. 갈리지 못한 놈이야말로 불쌍하기 그지없다 할 것이다. 어떻습니까?

그러고는 또 한번 뜨적뜨적이 그것을 외고 있었다. 무

with the other, which the concept of failed mourn-
ing presupposes, means one's own complete dis-
appearance in the other. True mourning exists only
in "the present progressive." In other words, mourn-
ing is possible only in "sublating (*Aufhebung*)" where
its object acquires its ideological essence through
its loss of reality.

The theme of this short story is well represented
in the following barley fable, which includes three
different ways of mourning, represented by Sihyŏng,
Kwanhyŏng, and Mugyŏng.

"Human life is like barley. If you are not sown in
the earth to germinate there, what does it matter?
In the end you are milled to become bread. You
should instead pity those who are not milled straight-
away. What do you think of this saying?"

Then he slowly recites the entire saying again.
Mugyŏng also repeats his words in silence. She
then asks, "What about it? So you mean it's better to
be ground into bread than to be sown in the earth?
Or that one may be planted and turn into many ears
of barley, but that the ears of barley are destined to
become bread all the same?"

Kwanhyŏng smiles. "The interpretation is up to us.
A good saying can be interpreted many ways."

경이도 그의 하는 말을 외어가지고 다소곳하니 생각해 본다. 그러나 한참만에,

"그게 어떻단 말씀이에요. 흙 속에 묻히는 것보다 갈려서 빵이 되는 게 낫다는 말씀입니까. 그렇잖으면 흙 속에 묻혀서 많은 보리를 만들어도 그 보리 역시 빵이 되지 않는가 하는 말씀입니까?"

하고 물어보았다. 이관형이는 싱글싱글 웃으면서,

"여러 가지루 해석할 수 있을수록 더욱더 명구가 되는 겁니다. 해석은 자유니까요."

"그럼 전 이렇게 해석할 테에요. 마찬가지 갈려서 빵가루가 되는 바엔 일찍이 갈려서 가루가 되기보담 흙에 묻히어 꽃을 피워 보자."

이 대목에서는 세 가지 보리가 등장한다. 첫 번째는 흙 속에 묻히지 않고 갈려서 빵이 되는 보리이고, 두 번째는 땅 속에 묻혀 수많은 보리를 만들어내는 보리이다. 세 번째는 일찍이 갈려서 빵이 될 바에는 차라리 흙에 묻혀 꽃을 피우는 보리이다. 두 번째와 세 번째의 보리는 모두 언젠가는 갈려서 빵이 된다는 것을 전제하고 있지만, 그럼에도 그 선택의 지향점은 보리와 꽃으로

"Then, I'll interpret it this way. Since I'll eventually become bread anyway, why not first be sown in the earth and let my flower bloom? Isn't that better than being milled prematurely?"

There are three kinds of barley here. The first is barley that is "ground into bread" without being "sown in the earth." The second is barley that is "planted and turn[s] into many ears of barley." The third is barley that will "eventually become bread anyway," so it "first [chooses to] be sown in the earth and let [its] flower bloom." The second and third both presuppose that it will eventually become ground into bread, but their goals are different: to become barley and to become a flower. The first barley signifies Sihyŏng, the second Kwanhyŏng, and the third Mugyŏng; their goals can be summarized as bread, barley, and flower. "Bread" symbolizes forgetting one's past as barley, while focusing on its present use, and this corresponds to mourning in the Freudian sense. "Barley" corresponds to mourning (depression in the Freudian sense) that separates the past from the present while focusing on the past. "Flower" is the most ideal kind of mourning, which retains both "barley" and "bread." The

각기 다르다. 이때 첫 번째 보리는 오시형을, 두 번째 보리는 이관형을, 세 번째 보리는 최무경을 의미한다. 그것은 각각 '빵', '보리', '꽃'이라고 정리해 볼 수 있다. '빵'은 보리로서의 가치를 잊어버리고 현재의 쓰임새에만 신경 쓰는 모습에 해당한다고 할 수 있으며, 프로이트적인 의미의 애도에 해당한다. '보리'는 과거의 가치만을 그대로 묵수하는 태도로 과거를 현재와 분리시키는 방식의 애도(프로이트에게는 우울증)에 해당한다. '꽃'이야말로 '보리'와 '빵'의 성격을 모두 보유한 가장 이상적인 모습의 애도에 해당한다. 이때의 꽃은 '보리이고 꽃'이며 '꽃이며 보리'인 것이다.

「맥」에서는 오시형과 이관형이라는 지식인이 과거의 이념에 대하여 애도의 각기 다른 한 측면만을 보여주고 있을 뿐이다. 이 작품에서 내사(introjection)와 합체(incorporation)가 결합된 애도의 가능성은 처음부터 생활인이었던 최무경을 통해 이루어지고 있다. 「맥」 연작에서 삶의 새로운 가능성은 애도와는 무관한, 처음부터 생활인이었던 최무경에게 주어지고 있는 것이다. 애당초 이념을 가져본 바 없는 그녀는 "능동적인 체관(諦觀)"(34)[1])에 바탕하여 자신의 생활에 충실할 것을 다짐한다.

flower here is "barley and flower" as well as "flower and bread."

In "Barley," two intellectuals, Sihyŏng and Kwan-hyŏng, represent only one aspect of mourning for their past ideology. The possibility of mourning that combines introjection and incorporation is represented by Mugyŏng, a person who has been living normal working life. In other words, Mugyŏng, who has nothing to do with mourning, represents the possibility of a new life. Mugyŏng, who did not begin with an ideology from the outset, resolves to live a sincere life based on "active resignation." We witness in this character traces of the heartbreakingly difficult struggle that Kim Namch'on went through while trying to see even a little light in the darkness of the late-colonial period.

최무경의 모습 속에는 일제 말기라는 암흑 공간에서 작은 빛이라도 보기 위해 몸부림친 김남천의 처절한 고투의 흔적이 고스란히 담겨져 있다.

1) 자신에게 주어진 상황을 돌이킬 수 없는 사실로서 인정하고 받아들이려는 태도를 말한다.

비평의 목소리

Critical Acclaim

이 시기 전향소설들의 아래에 깔린 기본 입장은 완전 전향에 대한 부정이며 노골적인 경멸이다. 그 뚜렷한 양상을 우리는 김남천의 「경영(經營)」(1940), 「맥(麥)」(1941) 연작에서 확인한다. 완전 전향자 오시형과 허무주의자 이관형 사이에 놓인 최무경, 이 세 사람의 인간 관계로 구축된 이 연작의 핵심은 오시형의 전향 논리인 다원사관에 대한 비판과 '보리'의 상징성에 있다.

김윤식·정호웅, 『한국소설사』, 문학동네, 2000, 163쪽

『낭비』에서 「경영」과 「맥」으로 이어지는 시기에 김남 천은 그의 비평이 보여주듯이 지극히 다양한 독서를 통

The basic position of "conversion" stories during this period was negation and open disdain for complete conversion. Kim Namch'on's "Management" (1940) and "Barley" (1941) illustrate this point well. The essence of these two short stories, which are based on the relationships among a convert, Sihyŏng, a nihilist, Kwanhyŏng, and someone in-between, Mugyŏng, summarized through the symbol of barley, lies in its criticism of the pluralist view of history that the character Sihyŏng adopts to justify his conversion.

Kim Yun-shik, Jung Ho-ung, *Hanguk Sosŏlsa*

[History of Korean Fiction] (Seoul: Munhakdongne, 2000), 163

해서 정통 마르크시즘의 단단한 이데올로기적 족쇄로부터 벗어나고자 하는 적극적인 시도를 펼쳐나갔다. 그의 독서는 헨리 제임스를 읽는 데서 명백해졌듯이 정통 마르크시즘의 내부에 존재하지 않았으며 그것을 해체할 수 있는 방법을 발명하기 위한 고심참담한 노력의 과정이었다. 이 과정에서 그는 번민했고, 동지들과 싸웠으며, 신체제와 타협하고자 하는 유혹에도 빠졌다. 그러나 이 모든 우여곡절에도 불구하고 그의 문학은 결국 「등불」과 「或る朝」(어떤 아침)가 보여주듯이, 또 그것을 끝으로 그가 침묵한 데서 알 수 있듯이 자신만의 진리, 일신상의 진리를 향해 나아간 것이었다.

방민호, 「〈등불〉과 일제 말기의 김남천」,

『일제 말기 한국문학의 담론과 텍스트』, 예옥, 2011, 407~408쪽

「경영」과 「맥」 연작에서 김남천은 사회적 이상이나 바람직한 미래에 관한 어떤 분명한 비전도 제시해 주지 못했다. 그러나 김남천은 미래에 관한 어떤 주관적 비전도 제시하려고 하지 않음으로써, 오히려 상대적으로 주관적 왜곡에서 벗어나 식민지 법과 자본에 의해 지배되는 식민지 말기 조선 사회의 '비약' 가능성에 관한 성

During the period when he wrote *Waste*, "Management," and "Barley," Kim Namch'on tried actively to break the shackles of orthodox Marxism through various readings, as illustrated in his critical essays. As is evident in the fact that his readings included Henry James, they were a process of painstakingly inventing a way to dismantle Marxism—a way that did not exist within Marxism. He agonized, argued with his comrades, and felt seduced by the desire to reconcile with a new system. All these turns and twists notwithstanding, he forged ahead only toward his own personal truth, as is evident in his stories "Lamplight" and "One Morning", and the fact that he stopped writing after these two works.

Bank Min-ho, "'Lamplight' and Kim Namch'on during the Late-Japanese Colonial Period," *Discourse and Texts in Korean Literature during the Late-Japanese Colonial Period* (Seoul: Yeok, 2011), 407-408

In his short-story series "Management" and "Barley," Kim Namch'on did not present any clear vision about an ideal society or a desirable future. By not offering any subjective vision for the future, however, he could carry out reflections on the possibilities of a "leap" in the late-colonial period, with Ko-

찰을 감행할 수 있었다. 이는 현재 상태의 고착화에 동의하지 않지만 미래에 관한 어떤 긍정적 비전도 제시할 수 없는 소설가가 역사에 관해 성찰할 수 있는 유일한 방식일지도 모른다.

이진형, 「김남천, 식민지 말기 "역사"에 관한 성찰—「경영」과 「맥」을 중심으로」, 현대문학이론연구, 현대문학이론학회, 2011, 293쪽

rea controlled by colonial law and capital. This might have been the only way for a novelist who could not present any positive vision for the future, while he did not agree with the status quo.

Lee Jin-hyeong, "Kim Namch'on's Reflections on 'History' during the Late-Colonial Period: Focusing on 'Management' and 'Barley,'" *Studies in Modern Literary Theory* (2011), 293

김남천

1911년 평안남도 성천군에서 중농이며 군청 공무원인 김영전의 장남으로 태어났다. 본명은 효식(孝植)이다. 평양고보 재학시 한재덕과 동인지 《월역(月域)》을 발간하는 등 활발한 습작 활동을 하였다. 1929년 평양고보를 졸업하고 호세이(法政)대학 예과에 입학했으며, 카프 도쿄지부가 발행한 기관지 《무산자》에 임화, 안막, 이북만 등과 함께 참가하였다. 1930년 봄에 임화, 안막과 함께 귀국하여 신간회 해소 등을 주장했으며, 평양 고무공장 노동자 총파업에 참여하여 선전선동 활동을 수행하였다. 1931년 호세이대학의 좌익단체에서 활동하다 제적되었으며, 이후 귀국하여 카프 제2차 방향전환에 적극적으로 참여하였다. 「공장신문」 「공우회」 등의 작품을 발표하며 소설가로서의 활동을 시작하였고 10월 조선공산주의자협의회 사건에 연루되어 검거되었다. 이 사건에 연루된 카프 문인 중 유일하게 기소되어 2년의 실형을 선고받았다. 출옥 후 옥중 경험을 담은 단편 「물」을 발표했으며, 이 작품을 두고 작가의 실천이

Kim Namch'on

Kim Namch'on was born in 1911, the eldest son of Kim Yŏng-jŏn, a middle-class farmer and civil servant with the provincial government in Seong-cheon, Pyeong'annam-do. His given name was Hyo-sik, while "Namchŏn" was his pen name. As a student at Pyongyang High School, he intensely studied creative writing and published a coterie magazine, *Wolyŏk*, with Han Chae-dŏk. In 1929, he entered Hosei University Preparatory School in Japan. He worked with Im Hwa, An Mak, and Yi Puk-man for the KAPF Japan branch organ *Proletariat*. He then returned home with Im Hwa and An Mak in 1930 and argued for the dissolution of the Singan-hoe.[1] He also participated in the general workers' strike at Pyongyang Rubber Factory, engaging in public relations activities for it. In 1931, he was expelled from Hosei University in Japan for activities in a leftist organization. He then returned to Korea and participated in the second change of direction of the KAPF. He began his career as a writer during this period when his short stories "Factory News-

라는 문제를 중심으로 임화와 '물논쟁'을 벌이게 된다. 1935년에 임화, 김기진과 협의하여 카프 해산계를 경기도 경찰국에 제출하였다. 이후 해방될 때까지 자기고발론, 모랄론, 장편소설개조론, 관찰문학론 등의 문제적인 평론과 그것을 뒷받침하는 소설들을 연달아 발표하였다. 1945년 8월 16일 임화와 함께 조선문학건설본부를 설립하고, 1946년에는 조선문학건설본부와 조선프롤레타리아문학동맹을 통합한 조선문학가동맹의 중앙집행위원회 서기국 서기장이 된다. 1947년 남로당 계열 문인들과 월북하고, 1948년에는 남조선인민대표자회의에서 최고인민회의 대의원으로 선출된다. 1953년 남로당 계열이 숙청당할 때, 함께 월북한 임화, 이원조 등과 함께 북한의 문학 현장에서 사라진다. 이후의 행적은 불분명하다.

letter" and "Factory Friends Association" were published. He was arrested in the Chosŏn Communist Council Incident in October 1931—the only writer indicted in this incident—and sentenced to two years in prison. After being released, he wrote "Water," based on his experiences in prison, and debated with Im Hwa about the issue of a writer's political practice, dubbed the "Water Debate." In 1935, after discussing the matter with Im Hwa and Kim Ki-jin, he submitted documents for the disbandment of the KAPF to the Gyeonggi province. Afterward, he continued to have his controversial critical essays published, essays that contained his arguments on self-criticism, ethics, reorganization of the novel, and the "observant" novel. He also kept writing fiction that supported these arguments until the liberation of Korea. On August 16, 1945, immediately after liberation, he established Chosŏn Literature Establishment Headquarters and became the chief secretary of the Central Steering Committee of the Chosŏn Writers Union, an organization born of a union between Chosŏn Literature Establishment Headquarters and the KAPF in 1946. In 1947, he went to the north with writers related to the South Chosŏn Communist Party and was elected to a delegate to the Supreme People's Assembly at the South Chosŏn People's Delegate Conference. He disappeared from official North Korean life together with Im Hwa and Yi Won-jo in 1953 when leaders who had belonged to the South Chosŏn Communist Party were cleansed. His later whereabouts are unknown to this day.

1) The Singanhoe was a Korean nationalist organization under Japanese colonial rule, founded on February 15, 1927, that unified Korean socialist and nationalist factions and maintained a unilateral independence movement until May 1931.

번역 **박선영**, 보조 번역 **제퍼슨 J. A. 가트렐** Translated by Sunyoung Park in collaboration with Jefferson J.A. Gatrall

미국 로스앤젤레스 남가주대 동아시아학 및 젠더학 부교수. 뉴욕 컬럼비아대학교에서 근대 한국 사실주의 문학 연구 논문으로 비교문학 박사 학위를 수여했으며, 저서로는 『근대 사회주의 문학사』 (하버드대학교 아시아센터, 2014, The Proletarian Wave: Literature and Leftist Culture in Colonial Korea 1910-1945)와 번역집 『만세전 외 근대 중단편 소설 선집(코넬 동아시아 시리즈, 2010, On the Eve of the Uprising and Other Stories from Colonial Korea)를 출간한 바 있다. 현재는 한국 근현대 문학과 시각 문화에 나타나는 판타지 문화적 상상력과 대항문화의 역사적 관계를 살펴보는 연구서를 집필 중이다.

Sunyoung Park is associate professor of East Asian languages and cultures and gender studies at the University of Southern California. Her research focuses on the literary and cultural history of modern Korea, which she approaches from the varying perspectives of world literature, postcolonial theory, and transnational feminism and Marxism. Her first scholarly monograph, The Proletarian Wave: Leftist Literature in Colonial Korea 1910-1945 (Harvard University Asia Center, December 2014), examines the origins, development, and influence of socialist literature in Korea during the colonial period. She is also the editor and translator of On the Eve of the Uprising and Other Stories from Colonial Korea (Cornell East Asian Series, 2010). Her current research interests center on fantastic imaginations in modern and contemporary Korea with focus on the political relevance of utopian fiction, sci-fi and cyber-fiction.

미국 뉴저지 몽클레어 주립대학교 러시아학과 부교수. 컬럼비아대학교에서 러시아 문학 및 비교문학 박사 학위를 수여했으며, 저서로 『The Real and the Sacred: Picturing Jesus in Nineteenth-Century Fiction』 (현실과 신성: 19세기 러시아 소설에 나타난 예수상, 미시간대출판사, 2014)와 더글라스 그린필드와 공동 편집한 『Alter Icons: The Russian Icon and Modernity』 (제단의 성상들: 러시아의 성상과 근대성, 펜실베니아 주립대 출판사, 2010)이 있다. 이외에도 도스토예프스키, 체호프, 톨스토이, 레르몬토프, 프루스트, 니콜라이 게, 루 월리스 등 많은 작가와 화가에 대한 연구 논문을 발표한 바 있다.

Jefferson J. A. Gatrall is Associate Professor of Russian at Montclair State University. He is the author of The Real and the Sacred: Picturing Jesus in Nineteenth-Century Fiction (University of Michigan Press,

2014) and has also co-edited with Douglas Greenfield *Alter Icons: The Russian Icon and Modernity* (Penn State University Press, 2010). His other publications include essays on writers and painters such as Dostoevsky, Chekhov, Tolstoy, Lermontov, Proust, Nikolai Ge, and Lew Wallace.

바이링궐 에디션 한국 대표 소설 104
맥

2015년 1월 9일 초판 1쇄 발행

지은이 김남천 | 옮긴이 박선영 | 펴낸이 김재범
기획위원 정은경, 전성태, 이경재 | 편집 정수인, 이은혜, 김형욱, 윤단비 | 관리 박신영
펴낸곳 (주)아시아 | 출판등록 2006년 1월 27일 제406-2006-000004호
주소 서울특별시 동작구 서달로 161-1(흑석동 100-16)
전화 02.821.5055 | 팩스 02.821.5057 | 홈페이지 www.bookasia.org
ISBN 979-11-5662-067-9 (set) | 979-11-5662-081-5 (04810)
값은 뒤표지에 있습니다.

Bi-lingual Edition Modern Korean Literature 104
Barley

Written by Kim Namch'on | Translated by Sunyoung Park
Published by Asia Publishers | 161-1, Seodal-ro, Dongjak-gu, Seoul, Korea
Homepage Address www.bookasia.org | Tel. (822).821.5055 | Fax. (822).821.5057
First published in Korea by Asia Publishers 2015
ISBN 979-11-5662-067-9 (set) | 979-11-5662-081-5 (04810)

바이링궐 에디션 한국 대표 소설

한국문학의 가장 중요하고 첨예한 문제의식을 가진 작가들의 대표작을 주제별로 선정!
하버드 한국학 연구원 및 세계 각국의 한국문학 전문 번역진이 참여한 번역 시리즈!
미국 하버드대학교와 컬럼비아대학교 동아시아학과, 캐나다 브리티시컬럼비아대학교 아시아
학과 등 해외 대학에서 교재로 채택!

바이링궐 에디션 한국 대표 소설 set 1

바이링궐 에디션 한국 대표 소설 set 2